PAROLE D'UN BAD BOY

Photo de couverture : © F8 studio / Fotolia

Hachette Livre, 58 rue Jean Bleuzen, 92170 Vanves.

ANA PAIGE

PAROLE D'UN BAD BOY

hachette
ROMANS

CHAPITRE 1

— Arrête de frapper dans ce fichu punching-ball et va plutôt te préparer. Je t'emmène au lycée. Tu devrais y être depuis une heure.

— Une heure de plus ou de moins, qu'est-ce que ça change ? je lui lance.

— Tu m'as dit la même chose hier, rétorque-t-il. Maintenant, dépêche-toi, j'ai du boulot.

— C'est bon, j'y vais.

Je donne une dernière droite à ce vieux sac avant d'ôter une bonne fois pour toutes mes gants. Comme toujours quand j'ai boxé, mes mains sont rougies par les coups. Sans perdre de temps, je monte à l'étage et me précipite sous la douche. L'eau froide se mélange à ma sueur alors que derrière la porte mon père s'égosille pour que je me magne le cul. Pour le faire rager encore un peu plus, je prends mon temps pour sortir de cette douche et pour m'habiller.

Quand je le rejoins enfin dans la voiture, il se met en pilote automatique pour me sermonner. C'est son moment favori, il adore faire ça. Je ne l'écoute toujours que d'une oreille, mais il ne semble guère se soucier de savoir si je fais attention à ce qu'il me raconte. Et puis, comme chaque fois, son téléphone finit par sonner et le boulot redevient sa priorité numéro un.

La voiture ralentit devant le lycée, et à peine a-t-elle eu le temps de s'arrêter que je suis déjà descendu. Je n'attends pas un au revoir de sa part parce que je sais pertinemment qu'il ne m'en adressera pas. Je fonce droit vers les portes du lycée.

Je me rends directement au bureau des absences. On est lundi et c'est Margaret qui s'occupe des absences. Cette dame est la plus vieille surveillante du lycée. Elle aime tous les élèves sans exception. Mais je suis presque sûr que je suis son petit préféré. Elle ne me refuse jamais rien. Je ne devrais pas avoir beaucoup de mal à obtenir un billet d'absence de sa part même si je n'ai pas de motif valable.

— Margaret, je la salue, tout sourire.

— Tristan, mon grand. Trois semaines se sont écoulées depuis la rentrée des classes et tu en es déjà à sept retards.

— Toi, tu t'es fait offrir un très joli collier. Il met ton cou en valeur. Ça te va très bien, je l'interromps.

— Sacré chenapan.

— Non, pas de ça avec moi, Margaret, tu le sais bien.

— Oui, mon Dieu. Tu tiens bien trop à ta réputation de mauvais garçon.

Margaret me tend mon billet de retard. Je le prends sans hésiter et m'avance dans le couloir vers ma salle de cours. Même si je n'aime pas le lycée, je fais l'effort d'y venir. Ou, tout du moins, j'essaye. Je ne suis plus un bon élève depuis le brevet des collèges. Dans mes appréciations, les profs disent de moi que je ne suis pas appliqué ni assidu dans mon travail et que j'ai peu de chances de réussir mon bac en juin. L'an dernier, j'ai passé les épreuves de français et de sciences. Je m'en suis sorti avec vingt-six points de retard. Il va falloir que je cravache dur si je veux obtenir le fameux sésame.

Je donne un petit coup sur la porte de la salle et j'entre. Le prof de maths se retourne vers moi avec un regard qui se veut assassin. En réponse, je lui adresse mon plus beau sourire. Les filles ricanent et les mecs se tassent un peu plus sur leur chaise.

Au premier rang, je croise le regard d'Amanda. Comme à son habitude, elle a mis ses atouts en valeur. Elle est très douée pour ça. Mais, en dehors de cela, cette fille n'est pas très intéressante. Peut-être ne cherche-t-elle pas à l'être, puisque les garçons ne se préoccupent que de son physique.

Le prof me demande mon billet de retard et je le lui plante fièrement sous le nez. Une fois qu'il a compris qu'il ne pouvait pas tout de suite me mettre à la porte, je me dirige d'un pas assuré vers le fond de la salle à côté d'un petit intello qui a sauté une classe. Très vite, je suis arrêté par le prof.

— Pas si vite, Tristan. Je préfère vous voir à côté d'Annabeth.

— Ouais, mais moi je ne préfère pas, je réponds en me tournant pour lui faire face.

Il hausse le ton :

— Tout de suite. Sinon c'est une heure de colle.

Je lève les mains en l'air en signe de reddition et me mets à chercher Annabeth du regard. Je ne me souviens pas d'avoir déjà vu cette fille. Je n'ai aucune idée de ce à quoi elle peut ressembler. Finalement, je repère une meuf qui se trémousse sur sa chaise. À côté d'elle se trouve bien une place vide.

Je m'approche et m'aperçois qu'elle déploie toute son énergie pour ne pas rougir. En gardant les yeux fixés sur son cahier, elle agite soudain son crayon entre ses doigts comme si cela allait pouvoir l'apaiser. Alors c'est ça, l'effet que je fais aux filles ? Sympa.

CHAPITRE 2

Après une heure à tenter de résoudre des problèmes de maths, la sonnerie nous libère enfin. Annabeth me surprend en sortant de la salle plus rapidement que moi. J'en profite pour la reluquer discrètement. Elle est vraiment l'opposé d'Amanda.

Annabeth n'est pas très grande et ne triche pas avec des talons de douze centimètres. C'est juste une jolie petite brune qui ne cherche qu'à passer inaperçue derrière un style vestimentaire plutôt classique et non provocant. Elle passe la porte et disparaît de mon champ de vision. C'est alors que je me rends compte que moi, je n'ai pas encore quitté ma chaise. Ce n'est absolument pas dans mes habitudes. Je cours presque pour sortir de cette salle de classe.

— Salut, beau gosse, m'interpelle une voix.

Je me retourne vers elle. Amanda est adossée au mur. En posant un de ses talons contre celui-ci, elle fait remonter un peu sa jupe. Elle tortille une longue mèche de ses cheveux blonds entre ses doigts parfaitement manucurés. Comment refuser ?

Je la salue à mon tour.

Sans plus attendre, elle s'éloigne du mur pour s'approcher de moi. Elle mêle ses doigts dans mes cheveux comme elle sait si bien le faire. Je me penche alors vers ses lèvres et je l'embrasse. Au bout de quelques minutes de bécotage, je me lasse et me recule un peu pour laisser de l'espace entre elle et moi. Je ne cherche pas son regard et fixe le bout du couloir par-dessus son épaule pour qu'elle comprenne que je ne suis pas intéressé par plus. Elle a eu ce qu'elle voulait, on en reste là pour ce matin. Je me rends vite compte que, finalement, elle non plus ne me regarde plus. Elle est trop occupée à chercher son gloss ou quelque chose comme ça dans son sac à main.

— Je vais me refaire une beauté. On se voit plus tard.

— Ou pas, je murmure dans ma barbe en la regardant s'éloigner, faisant claquer ses talons sur le carrelage du couloir.

Je passe la porte du bâtiment et rejoins ma bande sur les marches du lycée. On se checke. Je m'assois avec eux et on commence à débriefer sur la soirée de samedi dernier chez la sainte-nitouche Marie. On y a légèrement foutu le bordel. Il faut dire qu'on était bien bourrés.

Un peu plus loin devant nous, mon attention est attirée par une petite brune qui, accompagnée d'une blonde, chante à tue-tête des chansons dont je ne perçois pas les paroles. Leurs voix ne sont pas des plus harmonieuses et elles chantent peut-être un peu faux sur certaines notes, mais aucune d'elles ne semble s'en préoccuper. Les filles autour d'elles ne cessent de rire, et je dois dire que leur petit numéro me fait sourire.

La brune se lève soudain et improvise un petit pas de danse ridicule avant de se retourner vers son amie et de repartir dans un fou rire. D'un mouvement de la main, elle dégage les cheveux qui lui tombent sur le visage. Je reconnais tout de suite Annabeth. Je sens que cette fille est plus surprenante qu'elle n'en a l'air au premier abord. À la voir en cours comme tout à l'heure, je n'aurais jamais parié un sou qu'elle pourrait se mettre à chanter au beau milieu de la cour du lycée.

— Bon, les gars, on va bouffer dehors ? nous interroge Lucas.

À l'unisson, Manuel et Paul répondent oui.

— Je n'ai pas ma bécane, je fais remarquer.

— T'inquiète, je t'emmène, m'annonce Manuel.

Manuel est mon meilleur pote depuis la nuit des temps. On fait toujours tout ensemble. On est un duo inséparable depuis que l'on se connaît. À l'école primaire, les enseignants n'arrivaient jamais à nous séparer sans être obligés de nous mettre dans des salles différentes. Même si nous n'étions pas assis côte à côte, nous arrivions à perturber toute la classe. De vrais petits diables, comme ils nous surnommaient.

Au collège, c'était la même chose. Jusqu'en quatrième, où ils ont réussi à ne pas nous mettre dans la même classe. Cela n'a rien changé à notre amitié. Nous sommes deux et nous le resterons le plus longtemps possible.

On profitait donc des récréations pour être ensemble et pour faire le mur. On préférait se retrouver à la salle de boxe plutôt que d'être enfermés dans une salle de cours à écouter quelqu'un parler pendant des heures.

Manuel et moi avons toujours été présents l'un pour l'autre. Nous nous soutenons. Nous nous couvrons l'un l'autre quand on en a besoin. Je peux compter sur lui et il peut compter sur moi.

En guise de réponse, je balance mon bras autour de ses épaules. Juste avant de me lever avec les gars, je jette un dernier coup d'œil vers la brunette. Elle est encore en train de rire. Mais, l'espace de quelques secondes, son regard croise le mien. Elle s'aperçoit alors que je la regarde et son sourire disparaît. On dirait bien qu'elle se sent mal à l'aise. Je fais vraiment cet effet à cette fille ?

Trêve de plaisanterie. Il est temps d'aller manger. Le truc sympa quand on habite dans une ville qui n'est ni perdue dans la campagne ni aussi étendue que Toulouse, la grande ville la plus proche d'ici, c'est que les gens ne s'occupent pas des uns et des autres. C'est donc sans peine que nous entrons dans le premier McDonald's du coin. Même s'il n'est que onze heures, mon ventre ne réclame rien d'autre que de la bouffe bien grasse. Ça m'apprendra à faire du sport sans prendre le temps de grignoter quelque chose après l'effort.

Il est encore trop tôt pour qu'il y ait foule au McDo. On a donc l'embarras du choix en ce qui concerne l'endroit où l'on va s'asseoir pour manger. On se décide pour une table dans le fond du restaurant. J'avale mon hamburger en moins de deux. Mon estomac se calme enfin.

Avec les garçons, les discussions vont bon train. On parle surtout de boxe, notre sujet favori, et aussi de trucs de mecs, ce qui revient souvent à parler de filles, de motos ou de foot. Et on oublie complètement le sujet du lycée et du bac à la fin de l'année.

— Salut, Lucas, nous surprend une voix féminine.

Pfiou, cette fille est canon. Mais la règle est la règle. Si une meuf couche avec l'un de nous quatre, alors les autres n'ont plus aucun droit sur elle. Heureusement pour nous, cette ville regorge de jolies filles.

Lucas échange quelques mots avec elle. Puis, comme elle nous est apparue, elle disparaît en toute discrétion.

— On ne la connaissait pas, celle-là, s'empresse de faire remarquer Manuel.

— Non et tu ne la connaîtras pas. Je vous interdis à tous les trois de vous approcher de cette fille.

— Tu te l'es faite ? continue-t-il.

— Non. Et tu n'en auras pas le privilège non plus.

— On va se gêner, je rétorque en donnant un coup de coude complice à Manuel.

— Sérieux, les gars. C'est la meilleure amie de ma sœur. Paul s'est déjà tapé son ancienne meilleure amie, alors elle m'a fait promettre que, cette fois-ci, vous n'y toucheriez pas.

— C'est vrai, se réveille soudain Paul, assis à côté de Lucas. J'avais oublié. Pourtant c'était un bon coup, se met-il à rêvasser.

— La ferme, Paulo.

— Revenons sur cette fille. C'est un boulet de canon, s'extasie Manuel.

— Je te préviens, Manuel, si tu t'en approches, t'es un homme mort.

— Je n'y pourrai rien si c'est elle qui se donne à moi, ricane-t-il pour l'agacer.

— Tu seras mort quand même, assure Lucas.

Pendant quelques secondes, les gars se défient du regard. Puis Manuel assène une tape amicale sur l'épaule de Lucas. Paul enchaîne sur la fête de ce soir pour changer de sujet. Lucas se détend un peu.

La fameuse soirée doit se dérouler chez un crétin du lycée. On hésite encore à y aller pour se bourrer la gueule ou pour essayer d'entrer dans le jeu de ces tapettes. Finalement, on décide que l'on verra sur le tas.

Il est maintenant temps de retourner en cours. On quitte la table et on se dirige vers la sortie. Au même moment, mon portable se met à vibrer dans la poche de ma veste. J'y jette un rapide coup d'œil. Évidemment, c'est mon père. Je ne décroche pas et laisse la messagerie se déclencher. Je lui fais le coup chaque fois qu'il tente de me joindre mais, borné comme il est, il continue de chercher à me contacter quand même. Je range mon téléphone dans ma poche et mets mon père de côté dans mon esprit.

Une fois que nous sommes montés sur les motos, Manuel provoque une dernière fois Lucas sur la fille de tout à l'heure.

— N'oublie pas d'inviter la copine de ta sœur ce soir.

Lucas fait rugir son moteur tandis que Manuel trace la route. On a juste le temps d'entendre l'autre blaireau gueuler :

— Enfoiré !

CHAPITRE 3

Au lycée, la sonnerie retentit justement quand on arrive. Pour une fois, on sera presque à l'heure. Chacun de nous se dirige vers sa salle de cours respective. Dans la mienne, tout le monde est déjà installé, prêt à étudier. J'aperçois ma petite place libre à côté d'Annabeth. Je souris instantanément. Pour sa part, elle ne m'a pas encore vu. Mais elle s'attend à ce que je débarque à tout instant et elle essaye de ne pas montrer que cela l'inquiète de passer tout un après-midi à côté de moi.

Je suis presque arrivé à ma place quand, soudain, le prof de philosophie m'interpelle. Annabeth lève la tête vers moi et mon effet de surprise tombe à l'eau.

— Vous êtes en retard, Tristan.

— Hein ?

Obnubilé par mon envie de surprendre Annabeth, j'en avais oublié le prof, tranquillement assis à son bureau. Je ne m'attendais pas non plus à ce qu'il me fasse une remarque puisque je suis en retard de deux petites minutes seulement.

— *Comment*, se fait-il un plaisir de me corriger.

— Hein ? je le provoque.

— Vous êtes en retard, se lasse-t-il.

— J'étais aux chiottes.

Le prof abandonne la partie et me laisse aller m'asseoir à ma place alors qu'il commence son cours. Pendant près d'une heure, il débite son speech préparé à l'avance, il écrit des titres au tableau et cite des philosophes à tout-va.

À côté de moi, Annabeth, en bonne élève, recopie les titres et prend note de tout ce qui sort de la bouche du prof. Je me penche vers elle comme si je regardais ce qu'elle écrit sur son cahier. Elle ne réagit pas du tout. Je m'avance encore un peu plus près. Sous mes yeux, ses joues rougissent et sa main se crispe sur son crayon. Elle a du mal à continuer d'écrire au fur et à mesure que le prof parle.

— Je t'ai manqué ? je l'interroge en chuchotant.

Je suis étonné qu'elle ne réagisse toujours pas. Elle se contrôle plutôt bien, même si ses joues trahissent sa gêne. Dans sa main, j'ai l'impression que son crayon va se casser en deux. C'est qu'il en a, de la force, ce petit poignet.

Doucement, sa tête finit par pivoter vers la mienne. Nos yeux se rencontrent enfin. Son regard est indéchiffrable. Mais très vite elle se rend compte de la proximité de nos visages. Brusquement elle rive à nouveau ses yeux sur sa feuille et tente de reprendre le fil du cours le plus naturellement possible. Elle me fait triper.

Une fois la succession de cours terminée, je traîne deux bonnes heures avec les gars avant de rentrer pour de bon à la maison. Rapidement, je monte me changer pour enfiler un short et un tee-shirt de sport. Je redescends dans le garage, que j'ai transformé en une petite salle de sport personnelle. Il y a le strict nécessaire, comme des machines de musculation, des haltères, une corde à sauter, mon punching-ball et un sac poire de musculation.

Je fais de la boxe depuis que j'ai sept ans. J'ai toujours voulu pratiquer ce sport, alors ma mère a fini par m'y inscrire. C'est difficile d'expliquer pourquoi j'aime la boxe. Je ressens le besoin de taper dans quelque chose, d'évacuer mon ressenti sans avoir à communiquer par la parole. C'est un défouloir pour moi, qui me fait me recentrer sur moi-même.

Depuis presque trois ans, je ne pratique plus en salle. Mais j'essaye tout de même de m'imposer des séances de travail rigoureuses. Je fais des séries de pompes et de gainages. J'enchaîne avec les haltères et je finis par mon entraînement sur le sac. Je me vide complètement la tête et je perds la notion du temps.

Soudain, j'entends quelqu'un frapper dans ses mains. Quand je me retourne, je constate que Manuel, tout sourire, profite du spectacle depuis l'encadrement de la porte. Il a mis sa plus belle chemise sous sa veste en cuir. On dirait qu'il s'attend vraiment à ce que Lucas ait invité la fille du McDo. Après tout, il peut bien sortir avec elle, je m'en balance.

— Joli coup, le dernier, déclare-t-il.

— C'est trop d'honneur, j'ironise.

— Bon allez, magne-toi. Les gars vont encore nous attendre.

— Il faut savoir se faire désirer, mon cher.

Manuel me suit et on monte dans ma chambre. Je me précipite sous la douche pendant que, de son côté, Manu s'étale de tout son long sur mon lit.

— Prêt ? je demande dix petites minutes plus tard.

— Prêt.

Devant la maison où se déroule la fête, Lucas et Paul nous attendent. Pour une fois, aucun d'eux ne fait de remarque sur notre retard. On se décide à entrer. La fête commence à battre son plein. On débarque au moment le plus sympa. Certains des mecs sont déjà bien amochés, ce qui est assez amusant à voir. Les faibles, ceux qui ne tiennent pas l'alcool, filles ou garçons, ont déjà vomi au moins une fois. Et le meilleur pour la fin, grâce à l'alcool ou à l'effet de groupe, les filles viennent nous aborder sans crainte.

Je me sers un verre de vodka et commence à regarder autour de moi pour voir si je repère des visages connus. Il n'y a aucune trace de ma nouvelle voisine de classe.

Bizarrement, je suis un peu déçu. J'aurais bien aimé la voir sous un angle différent de celui du lycée.

Mais je n'ai pas le temps d'y réfléchir longtemps, car Amanda fait son entrée. Elle me pousse sur le canapé et s'assoit sur mes genoux. Ce soir encore, elle est très sexy avec sa petite robe rouge. Elle se met à m'embrasser en balançant ses cheveux de droite à gauche toutes les trois secondes, ce qui a le don de m'énerver. Au bout de quelques minutes, sentant que je suis prêt, elle se lève et me tire par la main. Je la laisse me guider. Au pied de l'escalier, je croise Paul, qui me fait un signe de la main répugnant, ainsi que Lucas qui lève ses deux pouces en l'air en signe de victoire.

Amanda me fait entrer dans une pièce. Par la décoration sobre et apaisante, je comprends vite qu'on a atterri dans la chambre des parents du mec qui a organisé la fête. Heureusement pour moi, parce que j'aurais été coupé de toute envie si l'on s'était retrouvés dans la sienne.

Une demi-heure plus tard, en sortant seul de la chambre, je n'ai qu'une envie, c'est de rentrer à la maison. J'ai envie d'aller m'endormir dans mon lit. J'ai aussi besoin d'air. Je sors sur le perron. L'air se radoucit doucement en cette fin de mois de septembre. Je m'avance vers la rue et m'adosse cinq minutes au lampadaire pour profiter du calme de la nuit. Je n'ai aucune idée de l'heure qu'il est et je m'en soucie peu.

La maison d'en face attire soudain mon regard. La porte d'entrée est ouverte pour laisser partir des invités. Ils sortent sûrement d'un repas entre amis. Un grand gars qui semble être de mon âge ou un peu plus âgé serre une jeune fille dans ses bras. Elle est habillée d'un tee-shirt à col roulé et d'une jupe, accompagnés de Converse blanches. En revanche, je distingue mal son visage, qui se trouve de profil.

Le garçon s'éloigne et rejoint les adultes. La voiture s'éloigne. La fille se retourne alors vers la maison derrière moi d'où proviennent des échos de la fête. On dirait bien que je reconnais Annabeth, ma petite brune. Elle aussi m'aperçoit. Je lui adresse un signe de la main. Sans un geste à mon égard, elle rentre chez elle. Je secoue la tête en me retenant de rire tout seul sur mon côté du trottoir. Il est temps pour moi de rentrer.

Enfin allongé dans mon lit, je me remémore la fête en attendant que le sommeil m'emporte. Cette fois encore, j'ai couché avec Amanda. Mais ça n'a pas été le meilleur moment de la soirée. Non, je me sens même sale d'avoir couché avec elle. Ce que j'ai préféré, c'est voir ma brunette. Elle était tellement mignonne dans cette petite jupe, avec sa frimousse de fille s'efforçant de m'ignorer.

Finalement, je crois que le mieux c'est que je m'endorme pour pouvoir passer à autre chose. Mais avant, je redresse le cadre photo qui est posé à l'envers sur ma table de chevet depuis trop longtemps. Voir Annabeth entourée de ses parents m'a inconsciemment fait réaliser que ma famille est vraiment merdique. Mais elle n'a pas toujours été comme ça. On a connu des bons moments quand même, notamment le jour où cette photo a été prise.

CHAPITRE 4

Je me réveille à sept heures vingt-sept. J'ai franchement la tête dans le cul. En plus de ça, j'ai la dalle comme si je n'avais pas bouffé depuis quinze jours. Ce qui n'est pas totalement faux puisque je n'ai rien avalé – à part de la vodka – depuis le McDo d'hier midi avec les gars.

Dans la cuisine, mon père est posté debout devant l'évier, prêt à partir dès qu'il aura fini sa tasse de café. Je me prépare un bol de céréales, plusieurs tranches de pain grillé avec une pomme et un verre de jus d'orange. Enfin assis, je me mets à dévorer mon petit déjeuner.

Je n'accorde aucune attention à mon père, qui lui, au contraire, a cessé de siroter son café pour me regarder du coin de l'œil. Avec une pointe d'ironie dans la voix, il me demande si j'ai vu l'heure. À quoi je réponds avec subtilité :

— Sept heures cinquante-sept.

Il pose sa tasse dans l'évier en signe flagrant d'abandon. Dans la seconde qui suit, il passe la porte sans demander son reste. Une fois de plus, je mangerai tout seul. Mon petit déjeuner avalé, je me dirige vers le garage pour sortir ma bécane en attrapant mon sac de cours au passage. Devant le bahut, je me gare à côté de la moto de Manuel.

D'ailleurs, je le croise dans le couloir en train de draguer une nouvelle meuf. Pour l'emmerder, je passe derrière la fille et fais semblant de lui mettre la main au cul. Manuel m'adresse un regard noir. Je viens me placer à côté de lui et passe mon bras autour de ses épaules pour le calmer. C'est en prêtant furtivement attention à la fille que je reconnais la meilleure amie de Camille, la sœur de Lucas.

— Hé, mais tu es la fille du McDo, je lui lance.

— Euh…

Je n'ai pas le temps d'écouter sa réponse parce que Amanda m'a déjà sauté dessus pour me faire un lavage buccal express, soit, plus poliment, pour m'embrasser. Quand elle se décide à se reculer, je me rappelle qu'un jour il va falloir que j'arrête ce cirque avec elle. Cette relation n'a aucun intérêt. Je ne suis pas amoureux d'elle. Je ne serais pas malheureux si on n'était plus ensemble. Mais, à vrai dire, je ne suis même pas sûr que l'on soit officiellement ensemble.

La sonnerie retentit, Amanda est déjà bien loin. Manuel me pousse un grand coup pour que je dégage et ne lui foire pas son coup avec cette fille qui l'intéresse tant. Je me rends donc dans ma salle de classe. Ce matin, c'est le premier cours d'anglais de cette année de terminale auquel je me rends. En même temps, c'est une torture de le mettre à huit heures. Mais je me dis que maintenant j'ai ma petite brune pour me tenir compagnie. C'est donc sans appréhension et plutôt serein que je m'installe à ma place.

Seulement, après dix minutes de cours, Annabeth n'est toujours pas là. Si j'avais su, je ne me serais pas donné la peine de venir. Je vais être obligé de finir ma nuit en cours, moi, maintenant. Je déteste cette période de l'année qui m'empêche souvent de bien dormir parce que mon esprit est trop occupé à penser à elle.

DIX ANS PLUS TÔT

J'ai toujours aimé les fêtes comme l'Épiphanie, la Chandeleur ou la période du carnaval. Toutes les fêtes où maman devait faire des desserts, en fait. J'adorais les manger, mais j'aimais surtout la regarder les préparer. Elle était très appliquée, minutieuse, et mettait tellement d'amour dans ses recettes qu'elle effectuait constamment au pif. J'admirais cette facilité d'agir et la patience dont elle faisait preuve en même temps pour m'expliquer, chaque fois, tous ses faits et gestes au fur et à mesure.

Ce jour-là, je revenais d'un match de boxe auquel maman avait assisté depuis les tribunes. Pour me féliciter de ma victoire, elle m'avait promis un goûter de roi de retour à la maison. Une fois dans la cuisine, elle avait enfilé son tablier et sorti sa poêle pour faire des crêpes.

Papa, qui travaillait sur un gros dossier pour le boulot, s'était isolé de nous tout le week-end. Sa voix nous provenait de son bureau. La conversation ne semblait pas aller dans son sens.

Maman, voyant que je commençais à me tourner vers la pièce d'à côté où se trouvait mon père, s'essuya les mains sur son torchon et me caressa la joue d'un geste tendre accompagné de son regard de maman protectrice et bienveillante.

À cet instant, quelqu'un se met à me caresser la joue de la même façon, ce qui me réveille brusquement. C'est Amanda. J'émerge peu à peu de mon sommeil et réalise que je suis au lycée. Je lève la tête vers le bureau du prof et constate que ce n'est pas le même que quand je me suis endormi.

— Bouge-toi, chéri, c'est la pause, m'annonce Amanda.

Je me lève de ma chaise et lui demande si elle a vu ma voisine de classe. Elle me répond simplement :

— Pas vue.

Son ton semble à la limite de l'agacement. Cela ne lui plaît pas que je m'intéresse à Annabeth alors qu'on est voisins de classe depuis seulement deux jours. Pour l'embêter un peu plus, je lui répliquerais bien qu'Annabeth est une fille plutôt mignonne. Instantanément, Amanda s'arrête. Elle se tourne vers moi et me lance un regard noir. Ça doit vouloir signifier que je n'ai pas fait que penser ma dernière phrase mais que je l'ai surtout dite à voix haute. Je profite de sa petite jalousie pour continuer de la charrier et, au bout de deux ou trois commentaires, elle se barre en me lançant :

— T'es qu'un pauvre con.

Je ne suis pas désespéré de la voir s'éloigner en colère après moi. Je sais que demain elle reviendra vers moi comme si cette conversation n'avait jamais eu lieu. C'est une habitude chez elle. Amanda a toujours besoin d'être au centre de l'attention de quelqu'un. C'est comme si elle cherchait à prouver à tout le monde, et surtout à elle-même, qu'elle peut être aimée des autres.

Quand la pause est terminée, je retourne en cours et j'y assiste, seul à ma table. En réalité, je suis présent physiquement mais, mentalement, c'est moins sûr. En revanche, Annabeth n'a même pas daigné venir en cours de la journée. Après l'avoir croisée hier soir, j'aurais bien aimé la voir aujourd'hui. Je sais qu'on ne se connaît pas, mais cette fille m'intéresse.

À la fin du dernier cours, je rejoins les potes devant les portes du lycée. Amanda passe près de nous en m'ignorant complètement. Qu'elle reste avec sa jalousie. Je m'en fiche. De l'autre côté, j'aperçois les amies de ma brunette. Je pourrais aller leur demander des nouvelles de leur amie. Ou me rendre directement chez elle, puisque maintenant je sais où elle habite. Mais je ne suis pas comme ça. En plus, je devrais n'en avoir rien à faire. Et pourtant elle ne quitte pas mon esprit depuis quarante-huit heures.

CHAPITRE 5

— Vous squattez à la maison, les gars ? propose Manuel.

Évidemment on accepte tous, n'ayant rien de mieux à faire, et, dans un rugissement de moteurs, on se tire du parking du lycée. La baraque de Manuel est assez grande et il n'y a quasiment jamais personne. Un peu comme chez moi. La mère de Manu est divorcée de son père, qui s'est barré au Danemark pour vivre avec une minette de vingt ans. Maintenant, elle passe son temps au travail pour oublier le désastre de son mariage. En ce qui concerne sa grande sœur, depuis cet épisode elle en veut à tous les mecs de la terre. Malgré cela, elle a quand même réussi à tomber en cloque de leur jardinier il y a six mois environ. Manuel préfère ne pas s'occuper des problèmes de sa sœur. Ils n'ont jamais été très proches puisque l'on passait la plupart de notre temps tous les deux.

Les histoires de nos familles respectives semblent similaires au premier abord. Mais, à y regarder de plus près, on se rend compte que les relations avec nos proches sont différentes. Manuel était proche de son père avant le divorce alors que je ne l'ai jamais été du mien. Ma mère m'accordait plus de temps. J'ai vite compris que nos familles forgeaient chacun de nous, notre caractère et notre personnalité.

En rentrant, Manu sort un pack de bières du frigo et Lucas allume la console. Après quelques parties de jeux espacées de bastons de gamins, Lorailène, la sœur de Manuel, fait son entrée dans le salon où l'on se trouve. Avec son gros bide, elle s'affale sur le canapé. Manuel essaye de râler pour la faire partir, mais elle est tenace et reste à sa place.

— Tu ne vois pas que je suis enceinte, Manuel ? Tu…

— Oh que si, je ne vois que ça, la coupe-t-il, exaspéré.

— Minable, crache-t-elle en se levant difficilement du canapé aidée par Paulo, qui voudrait toujours se la faire, même en cloque.

Les parties de console reprennent. On pensait être enfin tranquilles, mais Lorailène vient faire une petite apparition toutes les cinq minutes pour bien emmerder son frère. D'ailleurs celui-ci m'épate, à ne pas riposter et à garder son calme.

Au bout d'un certain temps, c'est au tour de la mère de Manuel de débarquer. Elle nous salue en passant devant nous. Lucas reçoit dans le même temps un message d'une meuf. Il a prétendument rendez-vous avec l'amour. Du coup il se tire, tout fier. À peine dix minutes plus tard, Paul et moi décidons de partir après que la mère de Manu, que l'on respecte suite à son douloureux divorce, nous a demandé de bien vouloir rentrer chez nous.

Le lendemain matin, je n'assiste pas à mon premier cours de la journée. Tombant de sommeil, j'ai préféré rester au lit. Mon père n'a pas dû s'en apercevoir, sans quoi il n'aurait pas manqué de venir me réveiller. C'est donc avec près de deux heures de retard que j'arrive au lycée. Alors que j'entre dans la classe, mon regard se pose instantanément sur ma petite brune. Elle est de retour.

Par contre, ma chaise à côté d'elle n'est plus libre. Et c'est Amanda qui m'a volé ma place. Chercherait-elle à se venger de moi pour notre discussion d'hier ? À vrai dire, ça m'amuse plus qu'autre chose. C'est tellement pathétique.

Je m'approche des filles et me penche vers Amanda pour l'embrasser. Elle ne me repousse pas, pour autant elle ne répond pas à mon baiser. Ensuite, je me penche vers Annabeth et lui glisse un petit salut au creux de l'oreille. Encore une fois ses joues rougissent, mais elle tient le coup et garde toute son assurance. Ça me fait sourire. De son côté, Amanda rage encore plus.

Je m'assois juste derrière Annabeth. Quelques minutes plus tard, la fille dont j'ai piqué la place s'avance timidement vers moi.

— Excuse-moi, mais c'est ma place.

— Pas aujourd'hui, ma chère, je lui réponds en lui offrant mon plus beau sourire pour mieux faire passer la pilule.

La fille rougit de honte et, sans protester, s'en va chercher une autre chaise libre. Il faut savoir s'imposer dans la vie. Comme l'ont fait toutes les grandes figures de l'histoire, qu'elles aient agi en bien ou en mal. D'ailleurs, le prof commence son cours. Malheureusement, je me lasse très vite. L'histoire de comment Untel est parvenu au pouvoir dans un pays où je ne mettrai jamais les pieds, je m'en fiche complètement. Si seulement encore le prof rendait ça vivant et intéressant. Mais non. Il garde son ton morose et nous ennuie tous plus qu'autre chose.

Pour m'occuper, je me mets à taper dans le pied de la chaise de ma brunette. J'aimerais bien la voir s'énerver un peu. Je voudrais surtout entendre enfin le son de sa voix – je l'ai seulement entendue chanter. Au bout de longues minutes, elle se met finalement à s'agiter sur sa chaise.

— Tu peux arrêter, s'il te plaît ? me demande-t-elle en se retournant à moitié.

— Oui, je réponds poliment.

Mais je n'en ai aucunement l'intention. Je lui laisse deux minutes de répit avant de recommencer. Au bout d'un bon quart d'heure, elle se retourne et me lance un regard noir comme je ne lui en ai jamais vu. Et pourtant elle m'en a adressé, des regards assassins, en l'espace de trois jours.

— Tu as fini, bordel ? enrage-t-elle soudain.

Je ricane, puis je me penche lentement par-dessus ma table pour m'approcher d'elle. Elle ne bouge pas d'un centimètre, cette fois. Avec son visage complètement fermé, elle soutient mon regard. Je tends la main vers elle pour dégager des cheveux venus devant ses yeux. Au contact de ma peau sur la sienne, je la sens frémir, mais elle continue de garder le contrôle d'elle-même.

— Bien sûr, princesse.

D'un mouvement que je ne vois pas venir, elle m'attrape le poignet pour l'éloigner de son visage et se recule pour réinstaurer une distance correcte entre nous.

— Annabeth. Tristan. On peut vous aider ? intervient le prof.

À partir de là, tous les élèves braquent leurs regards sur nous. Annabeth, elle, se tourne vers le prof. Elle semble un peu perdue. L'élève modèle qui ne se fait jamais remarquer vient d'être prise en faute par le prof.

— Non, ne vous inquiétez pas. Il faut juste qu'Annabeth me lâche le poignet, je rétorque.

En entendant mes paroles, Annabeth pivote à nouveau vers moi et rive ses yeux sur mon poignet, qu'elle serre de plus en plus. Mine de rien, elle a une sacrée poigne, cette petite.

— Annabeth ? s'impatiente le prof.

— Oui, Annabeth, je lui lance avec un sourire.

Elle plonge ses yeux dans les miens et, tandis que la colère regagne ses traits, elle me rend mon poignet. Constatant que notre altercation est terminée, le prof d'histoire reprend son cours sur la Chine. Mais, en vérité, nous n'en avons pas encore fini. Entre Annabeth et moi, le duel de regards se poursuit. C'est elle qui va lâcher la première. J'en suis sûr, et cela m'amuse de le lui prouver.

CHAPITRE 6

Toujours les yeux dans les yeux, Annabeth garde le contact. Ses yeux sont si sombres que j'ai du mal à distinguer ses pupilles. Cela lui donne un côté encore plus mystérieux. Je ne peux me retenir de penser que je pourrais m'y perdre pendant des heures. Ça ne me dérange vraiment pas de la défier du regard. C'est même un régal pour les yeux.

— Crétin ! me lance-t-elle finalement en se retournant.

Sa remarque m'amuse. Je savais qu'elle craquerait avant moi.

— Roh. Je suis sûr que tu peux faire mieux que ça.

Cette fois, elle se retourne vraiment vers moi, prête à ouvrir la bouche pour me rembarrer. Mais le prof nous interrompt une nouvelle fois :

— Annabeth et Tristan. Dehors !

À mon grand étonnement, Annabeth ne proteste pas tout de suite. Elle reste un moment ahurie, fixant le prof comme si celui-ci allait changer d'avis. Tandis que de mon côté je m'empresse de ranger ma trousse et de jeter mon sac sur mon épaule. Je suis prêt à quitter cette salle, moi. Mais ma petite brune ne semble pas l'être pour sa part. Elle n'a pas bougé d'un poil.

— Dépêchez-vous, s'il vous plaît. Vous perturbez mon cours, s'agace le prof.

Cette fois, je prends les devants. Je commence à fermer son cahier et sa trousse. Annabeth me regarde sans réagir.

— Vous inquiétez pas, m'sieur. Elle n'est pas habituée mais on s'en va, j'annonce au prof, qui commence à s'impatienter.

Ma brunette se décide enfin à se réveiller. Elle m'arrache ses affaires des mains et les range elle-même dans son sac. Puis elle se lève et se dirige d'un pas assuré vers la porte. Je la suis. Au passage, je croise le regard d'Amanda. Sa jalousie est montée d'un cran. Je vais devoir supporter sa mauvaise humeur au moins une journée de plus.

Mais, pour l'instant, j'ai mieux à faire. Je sors de la classe en refermant la porte derrière moi. Je tourne la tête des deux côtés du couloir. Annabeth n'a pas perdu de temps pour traverser le couloir. Je cours pour la rattraper.

Une fois à sa hauteur, je passe mon bras autour de ses épaules et lui demande :

— Alors, c'est quoi le programme maintenant ?

— Me débarrasser de toi, répond-elle audacieusement en repoussant mon bras de son épaule.

— Ça, ça va être difficile, je rétorque.

Annabeth passe la porte du couloir et je la suis jusque sur les marches du lycée. Soudain elle se retourne et me bloque le passage. Je ne m'y attendais tellement pas que je manque de lui rentrer dedans. Je ris de la situation, mais elle ne semble toujours pas trouver cela drôle.

— Pourquoi tu fais ça, Tristan ? Pourquoi tu t'acharnes depuis trois jours à me faire péter un plomb ? s'énerve-t-elle. Je vivais très bien quand tu ignorais jusqu'à mon existence. Je n'ai pas besoin d'ami et encore moins de petit ami si c'est ce que tu cherches, Tristan. Alors rentre chez ta mère et laisse-moi tranquille, putain.

À ce moment-là, je sens la colère monter en moi. Je sens ma mâchoire se contracter. Je me concentre pour me contrôler, pour ne pas dire ou faire quelque chose que je pourrais regretter. Annabeth ne pouvait pas savoir. Elle ne sait pas à quel point ces mots me font mal et font renaître en moi une souffrance cachée.

Instinctivement, je serre les poings et la fixe d'un regard mauvais. Au fond de moi, je sais que je ne lui ferai pas de mal. Seulement Annabeth, elle, ne le sait pas et ne le voit pas de cet œil. Elle commence à se raidir sur place quand je m'avance vers elle. Comme tout à l'heure en classe, elle essaye de me tenir tête.

Mais sa petite crise de nerfs est insignifiante par rapport à ma colère.

— C'est malpoli de dire des gros mots, Annabeth, je déclare avant de poursuivre mon chemin non sans avoir percuté son épaule.

CHAPITRE 7

Je pars m'asseoir sur les marches du lycée. J'ai besoin de souffler. Annabeth m'a fait replonger dans ma rage involontairement. Je souhaiterais lui en vouloir, je devrais peut-être, mais je n'y arrive pas. Pour l'instant, je suis en pleine indécision entre le sentiment de tristesse et celui de haine.

J'aimerais évacuer toute cette colère qui me ronge depuis deux ans, bientôt trois, mais j'ai beau essayer, rien n'y fait. Elle me colle à la peau. Comme son souvenir. Et je me sens encore plus en colère de ne pas réussir à m'en débarrasser. Surtout quand je vois qu'autour de moi ils semblent tous s'en sortir si facilement. L'ont-ils déjà oubliée ? Trois petites années et on oublie la personne la plus importante de sa vie ? Ce n'est pas possible.

Je me frotte le visage. J'ai une boule dans la gorge comme lorsqu'on s'apprête à pleurer. Mais ça non plus je n'y arrive pas. Quand je relève la tête, je constate qu'Annabeth n'a pas quitté l'endroit où nous venons de nous séparer. Elle se tourne vers moi. Je suis trop loin pour tenter de décrypter l'expression de son visage. Très vite, elle se détourne et se dirige vers l'arrêt de bus.

Une main s'abat sur mon épaule, ce qui me tire de mes pensées. La personne s'assoit à côté de moi. Jetant un petit coup d'œil sur les pieds de mon voisin, je reconnais tout de suite les baskets de Manuel.

Derrière nous, la sonnerie retentit, annonçant la pause. La cour commence à être envahie de lycéens. Dans tout ce remue-ménage, nous restons assis en silence.

— Tu t'es fait virer du cours pour quel motif ? me demande-t-il pour commencer sa fameuse thérapie miraculeuse.

Manuel est réputé pour user d'une technique qui te fait avouer tout ce que tu n'oses pas lui révéler. Elle marche très bien. Surtout sur moi. Avec l'expérience des années, il a compris comment je fonctionnais et comment il fallait s'y prendre avec moi pour que je me livre. Son point de départ est toujours un sujet un peu anodin.

— Une fille, je réponds honnêtement.

— Pardon ?

— J'ai voulu m'amuser un peu. Mais visiblement on perturbait le cours de cet idiot de prof d'histoire.

Manuel ne se retient pas pour se foutre de ma gueule.

— C'est plus fort que toi. Tu ne peux pas t'en empêcher, ironise-t-il. Je suppose que cette fille ne s'appelle pas Amanda, poursuit-il.

— Tu supposes bien.

— Ça me soulage. J'en ai ma claque, de cette meuf. Vivement que tu te trouves une copine digne de ce nom, sérieux !

— Eh bien, c'est pas près d'arriver.

— Pourquoi ça ? continue-t-il de m'interroger pour me sortir les vers du nez.

— Elle ne veut pas de moi. Elle me l'a clairement dit quand elle s'est énervée contre moi.

— Tu l'as fait virer du cours, Tristan. Évidemment qu'elle ne va pas te sauter au cou. Et puis quoi ? Tu vas laisser tomber aussi vite ? Bon sang, où est passé mon Tristan ? Le Tristan qui se battrait pour qu'une fille tombe dans ses bras à lui et pas dans ceux d'un autre ?

— J'en sais rien, j'avoue en soupirant.

Manuel se tait quelques secondes. Quand je tourne la tête vers lui pour voir s'il va continuer son interrogatoire, je remarque que, comme à son habitude, il regarde devant lui avec ce petit sourire au coin des lèvres qui le fait toujours paraître si serein face à n'importe quelle situation. Il tourne la tête de mon côté et reprend son sérieux. Ce qui veut dire qu'il n'en a pas fini avec moi.

— Elle t'a dit quoi d'autre, cette fille ?

— Que je lui faisais péter un plomb.

— Ouais. C'est vrai que tu peux être chiant quand tu t'y mets.

Pour me venger de son commentaire mesquin, je lui donne un coup d'épaule. Manuel vacille un peu mais retrouve rapidement son équilibre.

— Elle m'a aussi dit que je devrais rentrer chez ma mère, je déclare, vaincu.

Une fois de plus, Manuel aura eu raison de moi. Il hoche la tête d'un air grave. Manu, en tant que meilleur ami, est évidemment au courant de mon cas.

— Elle ne pouvait pas savoir. Et surtout pas que l'on approche de la date fatidique.

— Je sais, dis-je en haussant la voix. Je sais, je murmure cette fois.

— Qu'est-ce que tu vas faire ?

— M'excuser. Il faut que j'arrange les choses avec cette fille.

— Pourquoi ? continue-t-il de me questionner. Non, mais je te demande vraiment, c'est pas une de mes méthodes ou quoi que ce soit d'autre, ajoute-t-il précipitamment alors que je me lève.

— Je sais pas. Mais il faut que je le fasse quand même, je lui réponds en m'éloignant vers le parking réservé aux motos.

— Je crois en toi, mon pote, crie Manu à mon intention.

— T'es bien le seul, je déclare dans ma barbe.

Je monte sur ma bécane et roule jusqu'à la maison. Une fois à l'intérieur, j'ignore mon père, qui gueule depuis son bureau, et monte directement dans ma chambre. Je commence à y faire les cent pas en espérant que cela m'aidera à trouver un moyen de me rattraper avec Annabeth. Mon père fait toujours ça et cela lui réussit plutôt bien.

Au bout d'à peine dix minutes, j'allume la radio pour voir si cela va m'aider un peu plus. Visiblement, ce n'est pas un truc qui fonctionne avec moi. Je me lasse très vite de marcher sans but. Je préfère m'allonger sur mon lit.

Le problème quand je m'allonge sur mon lit, c'est que je finis toujours par être emporté par le sommeil. Quand je rouvre les yeux et que je jette un coup d'œil à mon portable, je constate qu'il est déjà dix-huit heures cinquante-six. Et, surtout, que je n'ai pas trouvé le moyen de me racheter auprès d'Annabeth.

Je me lève de mon lit et descends dans la cuisine. Je me sers un verre d'eau et je le bois d'une traite. Je sors de la cuisine et erre dans cette maison silencieuse. Je sais que mon père se trouve dans son bureau, et pourtant j'ai l'impression d'être complètement seul dans cette grande maison.

Je finis par m'asseoir sur les premières marches de l'escalier. D'ici, j'ai une vue panoramique sur quasiment la totalité du rez-de-chaussée. À ma droite, il y a la cuisine et la salle à manger, où personne ne prend plus le temps de manger. À côté, il y a le bureau de mon père. Je ne me rappelle même pas y avoir posé les pieds une seule fois.

Ensuite, à gauche, il y a la porte qui donne sur le garage ou, devrais-je dire, ma salle de sport privatisée. Puis après on arrive au salon. Mais, ce qui m'intéresse le plus, c'est ce qui se trouve juste en face de moi. C'est la porte d'entrée.

Je me lève précipitamment et j'en franchis le seuil. Je monte sur ma bécane et fais rugir le moteur. Je roule jusqu'à m'arrêter devant sa maison. Je ne sais pas encore ce que je vais lui dire, ni pourquoi je m'apprête à le faire. Mais je ressens juste le besoin de le faire. Je ne sais pas non plus comment je vais convaincre ses parents de me laisser voir leur fille. J'agis sous le coup de l'impulsion. Et souvent ça me réussit. Alors je continue de compter là-dessus.

J'éteins le moteur et je retire mon casque. Je passe ma main dans mes cheveux aplatis pour les redresser. Je m'avance jusqu'à la porte d'entrée et je sonne sans me poser plus de questions.

La femme qui ouvre semble débordée. C'est à peine si elle me regarde, plus préoccupée par le bébé qu'elle a dans les bras et par ce qui se passe derrière son épaule. Deux personnes ont l'air de se disputer dans la pièce à côté. Une fois que leur mère leur a demandé d'arrêter de se disputer, elle se tourne vers moi et me scrute.

— Je peux vous aider ?

Je reconnais les traits d'Annabeth dans ce visage et dans ceux du bébé qu'elle porte. Ils ont tous les trois ces mêmes cheveux brun foncé et ces yeux sombres. Une chose est sûre, je ne me suis pas trompé de maison.

— Bonjour, madame. Je suis un camarade de classe d'Annabeth. On travaille sur un projet en commun pour le lycée, je commence à mentir.

— Elle ne m'a rien dit.

— Oui, ça s'est fait un peu à la dernière minute.

Derrière nous, des cris nous interrompent, suivis de pleurs. La mère d'Annabeth tourne la tête plusieurs fois vers moi puis vers l'endroit d'où viennent les pleurs. Soudain son regard s'arrête à mi-chemin.

— Ah, Annabeth, tu tombes bien, s'écrie-t-elle avec une pointe de soulagement dans la voix. Tu as de la visite.

Annabeth apparaît sous mes yeux dans toute sa splendeur. Elle est vêtue d'un jean bleu marine avec un trou au niveau du genou et d'un tee-shirt qui ressemble à ceux que je porte. Il est beaucoup trop grand pour elle, mais elle ne semble pas s'en soucier.

Je lui adresse mon plus beau sourire. En retour, la porte se referme d'un coup. Je ne peux me retenir de rire. Annabeth vient, littéralement, de me claquer la porte au nez. Je n'en reviens pas. Cette fille est vraiment un phénomène.

Je m'apprête à sonner une deuxième fois. Mais à peine ai-je posé mon doigt sur la sonnette que la porte s'ouvre à nouveau. Sa mère est encore là, un peu dépassée par la réaction de sa fille. Celle-ci, justement, franchit le seuil et ferme la porte derrière elle. Elle croise les bras et lève la tête pour me regarder dans les yeux. Comme je n'ai pas reculé, l'espace est plutôt réduit entre nous. Mais cette fois ça ne semble pas la déranger.

— Qu'est-ce que tu veux, Tristan ? me demande-t-elle.

— Je passais dans le coin.

— Ouais. En fait, tu es trop fier pour avouer que tu es venu t'excuser.

— Parce que tu penses que tu ne me dois pas d'excuses après t'être énervée contre moi ?

— Tu as récolté ce que tu as semé, mon cher, déclare-t-elle, plus sûre d'elle que jamais.

Il faut vraiment que je me retienne pour ne pas lui rire au nez. Elle me fait tellement triper. Son audace est plutôt remarquable. Mais je suis prêt à entrer dans son petit jeu si c'est ce qu'elle veut.

— Pourquoi autant d'agressivité envers moi ? je rétorque en me faisant presque passer pour la victime.

Annabeth baisse le regard vers ses pieds.

— Je sais qu'on ne se connaît pas, je commence.

En même temps que je parle, je glisse mes doigts sous son menton pour lui faire redresser la tête. Je veux qu'elle me regarde.

— Mais peut-être qu'on pourrait.

Ma main effleure sa joue et j'entortille autour d'un doigt une mèche de ses cheveux qui s'est échappée de son chignon. Je sens bien qu'elle essaye de garder le dessus pour ne pas perdre le contrôle d'elle-même. C'est dommage, parce que j'aime tellement voir ses joues rougir. Ça lui va si bien.

— Et si j'en ai pas envie ? me rembarre-t-elle en me donnant un coup sur la main pour que je lâche ses cheveux.

Je lui souris.

— Tu changeras vite d'avis, je t'assure.

Derrière elle, la porte s'ouvre à la volée. Un garçon d'une quinzaine d'années est posté dans l'embrasure. Lui, contrairement aux autres, ne ressemble pas à Annabeth. Tout du moins, la ressemblance n'est pas frappante du tout. Et pour cause, il a les cheveux plus clairs, plus châtains, et ses yeux tirent sur le bleu foncé. Ce petit va faire des ravages auprès des filles.

— On passe à table. Maman veut savoir si ton petit copain reste manger avec nous, nous interrompt-il.

Je jette un coup d'œil vers ma brunette. Ses joues ont rougi en entendant les mots « petit copain ». Elle bougonne devant son frère et lui affirme que je ne suis pas son petit ami. C'est trop mignon.

Elle prend les devants :

— Il s'en va, de toute façon.

Son frère referme la porte et nous nous retrouvons à nouveau seuls tous les deux.

— Ta moto t'attend, déclare-t-elle en me la désignant d'un mouvement de la tête.

Avant de partir, j'aimerais bien la voir encore une fois avec sa mine de boudeuse et son regard qui essaye de me fusiller sur place. Je me penche vers elle. Je l'embrasse délicatement sur la joue et chuchote à son oreille :

— À demain, ma petite copine.

CHAPITRE 8

Ça fait maintenant une semaine qu'Annabeth et moi sommes voisins de classe. Je commence à me faire à sa présence et surtout à son air toujours ronchon quand je me trouve dans les parages. On ne s'adresse pas beaucoup la parole, et ce n'est pas faute d'avoir essayé. Je tente ma chance quasiment tous les jours, mais la seule réponse qu'elle m'offre c'est son magnifique regard de killeuse. Je suis sûre qu'elle meurt d'envie de devenir mon amie. Mais elle essaye de me prouver que j'ai eu tort d'affirmer qu'elle ne tiendrait pas longtemps quand on s'est parlé la dernière fois devant chez elle.

Aujourd'hui, j'ai décidé de me changer les idées en sortant manger un morceau avec Manuel. En rentrant, on s'est installés dans le garage pour terminer la soirée. On a commencé la boxe ensemble et cela n'a fait que renforcer notre amitié. J'étais évidemment le meilleur des deux, mais mieux vaut ne pas le lui dire pour ne pas le blesser dans son estime de lui-même.

Sur un coup de tête et d'un air de défi, je propose un petit combat à mon adversaire de toujours. Il ne refusera pas.

On enfile nos paires de gants et le premier round peut commencer. Au début, rien ne se passe, nous nous tournons autour et lançons des petits coups sans nous toucher pour tester l'autre. Nous restons clairement sur nos gardes.

Ayant pratiqué pendant près de huit ans dans le même club de sport, nous nous sommes affrontés de nombreuses fois et nous connaissons le jeu de l'autre sur le bout des doigts. Y compris ses faiblesses. Manuel accorde toujours trop d'attention à sa garde alors que je suis guidé par l'impulsivité, ce qui me fait délaisser la mienne.

Je donne le premier coup réel du match. Un direct dans le ventre. Manuel réplique dans la seconde par un coup dans le bras. Je me reconcentre sur ma garde et on continue de se tourner autour.

Pendant un combat, j'oublie instantanément tout ce qui m'environne. J'oublie le temps qui passe. J'oublie les gens présents et ceux qui ne le sont pas. Je suis parfaitement concentré jusqu'à ce que la cloche sonne la fin du match. Parce que je sais qu'une petite erreur d'inattention, une seconde de déconcentration, peut tout arrêter. Il suffit d'un coup, d'un seul pour que mon adversaire me mette K-O. Et c'est à moi de le faire avant qu'il ne m'atteigne.

Manuel tente une droite, mais je l'évite en me baissant assez rapidement. En me redressant, je lui envoie un coup dans les côtes. Mais je relâche ma garde et Manuel en profite pour m'asséner son poing gauche en pleine figure. Bordel de merde. J'ai gagné un coquart. Mais pas le temps de tergiverser. Manuel a remonté sa garde de peur que je ne réponde avec la même parade. Seulement je ne suis pas comme ça et je vais plutôt chercher là où j'ai le champ libre. J'enchaîne un droite-gauche-droite dans ses abdos.

Le combat pourrait s'éterniser, mais c'est compter sans mon père, qui s'incruste au beau milieu de la partie.

— Arrêtez ça tout de suite, les garçons. Vous croyez vraiment que c'est une heure pour se battre ? s'agace-t-il.

— Un trop-plein de testostérone à évacuer d'urgence, je réplique pour l'emmerder.

— Manuel, il est temps que tu rentres chez toi, il y a école demain.

— On n'est plus des mômes, papa, je m'exaspère.

— Tristan.

Ça ne sert à rien de protester. En plus, je n'en ai pas du tout envie. Je préfère raccompagner Manu à la porte plutôt que d'essayer de contredire mon père, ce qui ne mène jamais à rien.

— On peut dire que j'ai gagné. Encore une fois, je ricane.

— C'est quand même toi qui vas te trimballer un beau coquart demain.

— Salopard.

— On se voit au bahut.

Je ferme la porte et me retourne vers mon père. Les bras croisés et bien droit dans ses bottes, il semble attendre quelque chose de ma part. Je soupire un grand coup en levant les yeux au ciel. Il va encore tenter de me faire la morale et je n'ai pas la patience de l'écouter, tout comme il ne l'a pas quand il s'agit de m'écouter moi.

Je l'ignore et commence à monter l'escalier. Il continue son petit discours tout en me suivant tandis que je retire mon tee-shirt et que je le laisse tomber par terre. Du coin de l'œil, je le vois ramasser mes affaires. J'ôte mes chaussures et là aussi il les ramasse derrière moi. Ce qu'il peut m'énerver, à être aussi maniaque. Je rentre dans ma chambre, au bout du couloir, et lui claque la porte au nez. Il a interdiction d'entrer dans cette pièce. Je sais que c'est chez lui, mais ici c'est ma chambre, le seul endroit où je me sente à l'aise dans cette maison avec ma salle de sport improvisée dans le garage.

À travers la porte, mon père continue de s'égosiller. En vain. J'allume ma chaîne hi-fi et une musique très bruyante envahit la pièce. Dans la salle de bains attenante à ma chambre que j'ai partagée il fut un temps avec ma sœur, je fais couler l'eau de la douche et j'attends qu'elle soit bien chaude pour y entrer. Après m'être lavé, j'inspecte mon reflet dans le miroir au-dessus du lavabo. Pour l'instant, mon œil n'est pas trop gonflé, mais je sais par expérience que demain le résultat ne sera pas le même.

Une fois mon inspection terminée, je me jette sous les couvertures et sombre dans un profond sommeil sans rêves. Je suis réveillé quelques heures plus tard par le signal strident de mon radio-réveil. La première chose que je fais en me levant, c'est d'aller vérifier l'état de mon œil. Je sens qu'il est encore gonflé. J'ai même eu du mal à l'ouvrir tout à l'heure.

Comme je l'avais prédit, ce n'est pas joli à voir. Il est enflé et il commence à se colorer. J'en ai pour une dizaine de jours. Quand j'étais petit, ma sœur m'aidait à camoufler les bleus avec son maquillage pour ne pas trop inquiéter maman. Mais plus personne ne s'en soucie maintenant.

Par précaution, je rabats tout de même la capuche de mon sweat sur ma tête. Je voudrais éviter la tempête « papa » de si bon matin. En descendant l'escalier, je l'entends qui prend son café dans la cuisine. Pour ne prendre aucun risque, je décide de sauter le petit déjeuner et de partir immédiatement.

Ne souhaitant pas arriver au bahut avec trop d'avance car ce n'est pas dans mes habitudes, je me rends chez Annabeth. Il est temps que notre petit jeu gagne en intensité. Il n'y a personne à l'arrêt de bus, alors j'en déduis qu'elle n'est pas encore sortie de chez elle. Et c'est tant mieux pour moi.

À peine ai-je pensé cela que la porte de sa maison s'ouvre. Elle est de dos, penchée, en train d'embrasser sa petite sœur. Sans s'en douter, ma brunette m'offre une vue magnifique sur son petit fessier. Elle prend soin de bien refermer la porte derrière elle tandis que j'ôte mon casque pour la saluer quand elle se retournera. Je suis prêt à lui offrir mon sourire ravageur en oubliant mon œil qui me fait un mal de chien.

Elle se retourne et pose ses yeux sur moi. Je l'entends soupirer malgré la distance qui nous sépare.

— Content de te revoir, ma petite copine.

— Arrête avec ça, rage-t-elle déjà.

Arrivée sur le trottoir, Annabeth me dépasse sans un regard. Elle marche d'un pas décidé vers son arrêt de bus. Mais je ne m'avoue pas vaincu pour autant. Je descends de ma moto et fais quelques pas pour la rattraper.

— Je vais au lycée. Je te dépose ? je lui propose.

Annabeth se stoppe net et pivote vers moi.

— Tu vas au lycée ? Toi ? C'est nouveau, me balance-t-elle.

— Tu peux pas arrêter cette arrogance avec moi ?

— Chacun son truc, répond-elle en haussant les épaules.

Elle reprend sa marche et je lui laisse de l'avance le temps de me calmer un peu. Il faut que je garde le contrôle de moi-même. Si je veux gagner la partie, je ne peux pas m'énerver maintenant. Je la rattrape à nouveau et me plante devant elle.

— Dégage, Tristan, déclare-t-elle exaspérée.

— Pourquoi tu ne veux pas essayer de me connaître ?

Voyant son bus arriver derrière moi, Annabeth fait un pas sur le côté pour me dépasser. Mais je fais de même et la bloque à nouveau. Elle retente sa chance à plusieurs reprises. En vain.

— Ça ne sert à rien. Tu n'auras pas ton bus, je continue.

Constatant qu'il n'y a personne à l'arrêt, le chauffeur ne s'arrête pas et passe à côté de nous. Annabeth le suit du regard. Elle lève les yeux au ciel et souffle un grand coup.

— Alors ? souris-je.

— Quoi ?

— Pourquoi tu ne veux pas essayer d'apprendre à me connaître ? j'insiste.

— Pourquoi est-ce que je le ferais ?

— Parce que tu es une gentille fille et que je suis un gentil garçon. Beau, intelligent et séduisant qui plus est.

— T'as oublié arrogant et prétentieux, me coupe-t-elle.

— Personne n'est parfait, je rétorque. Et je suis sûr que toi aussi tu caches une part de mauvaise fille en toi.

— Qu'est-ce qui te fait croire ça ? m'interroge-t-elle en haussant un sourcil, l'air intéressé.

— Tu es méchante avec moi.

— Je ne suis pas méchante, s'exaspère-t-elle. Je connais ta réputation, c'est tout.

— Et que dit ma réputation ? je demande.

— Oh c'est très simple, ça se résume en quelques mots. Elle dit de toi que tu es crâneur, orgueilleux, insolent, fouteur de merde, que tu ne t'intéresses qu'au sexe et à l'alcool en soirée. Ah oui, j'oubliais, tu ne penses qu'à te battre aussi, énumère-t-elle fièrement en comptant sur ses doigts. La preuve avec ton œil.

Je rigole. C'est plus fort que moi, cette fille est irrésistible.

— Si je comprends bien, tu ne veux pas me connaître parce que je te fais peur, j'en déduis.

— Je n'ai pas dit ça.

Elle recule pourtant d'un pas alors que ses joues s'empourprent. Elle semble déstabilisée mais campe sur ses positions. Finalement, elle se tourne vers ma moto et me demande :

— Je peux monter ?

— Ah, mais je sais pas, j'hésite en commençant à m'avancer vers ma bécane. Tu sais, je n'ai pas bonne réputation.

Je monte sur ma moto et j'enfile mon casque. Annabeth me rattrape et se retrouve à côté de moi.

— T'es sérieux ? me demande-t-elle en me retenant par le bras.

Un sourire charmeur aux lèvres, je fais gronder mon moteur. J'entends à peine sa voix qui me gueule dessus que je suis un salaud quand je démarre en la laissant seule.

J'arrive au lycée et j'entre de justesse dans la salle de cours avant que le prof arrive. Évidemment ma chère petite voisine n'est pas encore là et je me retrouve à côté d'une chaise vide.

Une demi-heure plus tard, quelqu'un frappe à la porte. Annabeth fait une entrée timide en montrant son billet de retard. Elle vient s'asseoir à sa place et je m'empresse de lui demander :

— En retard, princesse ?

— Connard.

— Chut, je lui réponds en posant mon index sur sa bouche.

Annabeth recule la tête et lorgne sur mon doigt avant de me lancer son regard noir. Je commence à m'y faire, à ce regard. Je dirais même qu'il commence à me plaire.

À la pause déjeuner, je retrouve Manuel et les autres dans la cour du lycée. En découvrant mon œil au beurre noir, Lucas ne se prive pas de se foutre ouvertement de ma gueule. Manuel rit aussi, avant de me présenter ses excuses en me donnant une claque sur l'épaule. De son côté, Paulo ne réagit pas. Il a toujours été un peu tête en l'air, dans la lune, mais on s'y fait. Ce mec est génial dans sa bizarrerie.

— Eh, les mecs. La copine de Camille fait une fête demain soir. On y va ? propose Manu.

— D'où tu sais que la meilleure amie de ma sœur fait une fête ? s'empresse de demander Lucas.

— Parce qu'elle m'a personnellement invité, bolosse.

— Il y en a un qui a prévu de pécho, ricane Paul.

Derrière ce dernier, j'aperçois ma brunette accompagnée de sa bande de copines. Il me vient à l'idée de les inviter, elle et ses amies, à l'une de nos soirées. Et pourquoi pas à celle dont parle Manuel ? Ça pourrait être amusant. En fait, je ne me rappelle pas les avoir vues à une fête. Peut-être parce que je suis bourré avant de pouvoir la remarquer. Mais c'est vrai que je me sens un peu idiot de ne pas avoir prêté attention à cette fille plus tôt.

On retourne chacun dans nos classes respectives pour l'ultime cours de la journée. Je m'affale sur ma chaise en arrivant. Ma petite brune s'affaire, prête à prendre la leçon du jour en note. Je la regarde avec un demi-sourire aux lèvres. Au bout d'un moment, mon regard sur elle commence à la gêner. Elle se met à se tortiller sur sa chaise, mal à l'aise. Pour autant, elle ne dit rien.

Je lui pique un stylo dans sa trousse et m'amuse à le faire tourner entre mes doigts. Là non plus elle ne cherche pas à me faire une remarque ou même à reprendre son stylo. Elle continue d'écouter attentivement le prof.

Mais, soudain, je croise l'un de ses petits coups d'œil vers moi. Je lui fais peut-être peur, mais je pense que je l'intrigue tout autant. L'intérêt que nous nous portons l'un à l'autre est réciproque. En tout cas, j'aurai au moins réussi à éveiller sa curiosité après toutes mes tentatives.

Je repère sa main posée sur sa feuille de classeur. Lentement, j'approche la mienne de son poignet et, au moment où je sens qu'elle va m'échapper, je le retiens. Elle essaye de le retirer. Je préfère employer la manière douce. Sans serrer plus son poignet, je caresse sa paume du bout des doigts. Elle plonge ses yeux dans les miens. Notre échange de regards se veut plus doux que d'habitude.

— J'en ai pour trente secondes, je précise.

Avec mon autre main, je débouche son stylo pour écrire mon numéro de téléphone sur sa paume. Elle agite un peu les doigts sous le chatouillis de la mine du stylo sur sa peau. Quand je lève les yeux vers elle, elle détourne tout de suite les siens. Je lui lâche le poignet et au même moment la sonnerie retentit. Sans plus attendre, je saute sur mes pieds.

— Appelle-moi, je lui lance.

Ses joues rougissent alors que je passe la porte de la classe à reculons pour l'observer le plus longtemps possible, sachant que je ne la reverrai sûrement pas avant deux jours.

CHAPITRE 9

Au réveil, ce matin, je suis encore mort de fatigue comme si je venais de passer une nuit blanche. La journée entière de cours d'hier m'a épuisé et la perspective de ce qui m'attend aujourd'hui finit de m'achever. Je sais pertinemment quel jour on est et je tiens cette date du 6 octobre en horreur. Je rabats la couverture sur ma tête et me rendors pour quelques heures.

La musique de mon téléphone se déclenche et me réveille brutalement. Dans un mouvement d'impulsivité et de rage, j'attrape mon portable et le lance à travers ma chambre. Une fois par terre, il cesse enfin de sonner. Je me rallonge et plaque mon oreiller sur ma tête. Aujourd'hui est un jour que je préfère oublier. Je veux que cette journée passe le plus vite possible.

Foutu téléphone de merde. Maintenant, j'ai beau me tourner et me retourner, impossible de me replonger dans le sommeil. Il va falloir que je m'occupe autrement, cette année.

Allongé sur le dos, les bras ouverts, je fixe le plafond. Le long soupir qui m'échappe brise le silence de ma chambre. Soudain, je me demande si ce n'est pas Annabeth qui m'a appelé tout à l'heure. Il y a peu de chances que ce soit elle. Je ne pense pas qu'elle soit capable de m'appeler à peine vingt-quatre heures après que je lui ai refilé mon numéro. Il s'est passé quelque chose entre nous hier, quelque chose d'inexplicable, mais Annabeth ne va pas baisser sa garde aussi vite.

Je me précipite tout de même pour récupérer mon téléphone et voir qui a cherché à me joindre. J'ai bien un appel manqué d'un numéro inconnu et un message du même contact.

« Alors, petit copain ? Je t'attendais, moi, ce matin, devant ma porte ! »

J'ai beau détester ce jour, je dois admettre qu'Annabeth vient de me redonner le sourire l'espace d'un instant. Pour autant, je ne me sens pas prêt à lui expliquer les raisons de mon absence aujourd'hui. Je lance mon portable sur mon lit et j'enfile un jogging avant de sortir de ma chambre.

Je descends l'escalier et tombe nez à nez avec des valises dans l'entrée. J'en déduis que ma sœur est de retour comme chaque année. Avec les fêtes de Noël, c'est la seule période de l'année où elle rentre à la maison. Le reste de son temps, Lisa le passe à Paris, là où elle a refait sa vie.

J'entre dans la cuisine et je me prépare mon petit déjeuner. Papa n'est pas ici. Il est sûrement déjà dans son bureau. Elle, en revanche, est bien là. Elle s'est assise à sa place habituelle, c'est-à-dire en face de moi. Je peux remarquer qu'elle a coupé ses cheveux. Ils sont plus courts, ce qui la vieillit quelque peu malgré ses vingt-sept ans.

Et, à vingt-sept ans, Lisa est déjà le portrait craché de papa en ce qui concerne le travail. Elle a étudié dans une grande école de commerce de Toulouse avant de partir faire son master dans l'une des plus prestigieuses universités des États-Unis. Aujourd'hui, elle travaille pour une grosse boîte à Paris. Tout ce que je ne ferai jamais. C'est pour ça qu'elle est la fierté de papa et que je ne suis que le vilain petit canard à ses yeux. Peu importe. Je préfère me concentrer sur mon petit déjeuner plutôt que sur elle.

— Tu m'as manqué, petit frère, déclare-t-elle avec un sourire aux lèvres.

— Ouais.

Elle boit son café fumant gorgée après gorgée tout en gardant un œil sur moi. Mais son téléphone vibre et vient déjouer ses plans. Je lève la tête et la fixe du regard. Elle m'imite. Elle essaye de faire comme si son téléphone n'existait pas mais, si elle avait vraiment voulu se couper de son travail pour la journée, elle l'aurait mis en mode silencieux. Je la défie du regard pour surveiller combien de temps elle va mettre avant de craquer. Son téléphone vibre à nouveau. Cette fois, c'est la fin. Elle craque et se jette sur son portable. Qu'est-ce que je disais ? Tel père, telle fille.

— Pitoyable, je soupire en quittant la pièce, exaspéré.

Je monte chercher mes écouteurs dans ma chambre et redescends pour sortir courir dans le quartier. Ce début du mois d'octobre est un peu frais, mais le soleil me tape dans le dos et me réchauffe assez vite. Après une heure de course, j'entre dans mon garage et je commence mon entraînement physique habituel. En me retournant, je me retrouve face à Lisa. Encore une fois.

Elle s'est assise sur la dernière marche devant la porte de la maison. Ce sentiment désagréable monte en intensité quand je suis face à elle. Son calme, sa tranquillité. Après tout ce qu'on a traversé, surtout elle, comment peut-elle être aussi paisible ?

Je préfère ne pas me soucier d'elle. Je me concentre sur mes séries de pompes et d'abdos. J'aime mieux me défouler dans le sport plutôt que sur ma sœur.

— Je trouve que tu as changé, Tristan, annonce-t-elle de but en blanc.

— Et alors ?

— Tristan… me supplie-t-elle.

— Peut-être que tu l'aurais remarqué plus tôt si tu avais été là, je lui rétorque.

— Tristan, je…

— Tu rien du tout, Lisa, je la coupe en me redressant. Tu n'as pas été là. Tu n'as pas eu à supporter de la regarder dépérir un peu plus chaque jour en te sentant impuissante. Alors je t'interdis de venir me dire que j'ai changé, je l'accuse en la pointant du doigt. Oui, j'ai changé. À cause de ce qui nous est arrivé, Lisa. Mais on dirait que je suis le seul à avoir été affecté dans cette maison.

Je suis complètement dépassé. Je la pousse de la porte pour pouvoir passer et me précipite à l'étage pour m'enfermer dans ma chambre. Lisa me court après en me hurlant de m'arrêter. Mais c'est trop tard. Je lui claque la porte au nez. Elle ne cesse de frapper dessus pour que je la laisse entrer.

— Tristan, il faut qu'on parle. Tristan, bon sang ! s'égosille-t-elle.

Je m'allonge sur mon lit et l'écoute m'appeler à travers la porte. Je ferme les yeux et me remémore les bons moments qu'on a pu passer quand elle se souciait encore de son petit frère.

HUIT ANS PLUS TÔT

Lisa et moi avons une différence d'âge de presque dix ans. Au début, cela ne nous posait pas de problème. Lisa étant une fille plutôt réservée, avec peu d'amies, elle était heureuse d'avoir un petit frère avec qui jouer et passer du temps.

Quand j'ai commencé la boxe, Lisa était ma seconde meilleure supportrice. Après maman, évidemment. Je me rappelle qu'une fois elle avait même réalisé un panneau avec mon nom dessus pour m'encourager. Ce jour-là, j'avais été tellement fier d'avoir une grande sœur.

Les lendemains de match, on se retrouvait dans notre salle de bains commune et elle s'occupait de soigner mes plaies. Elle dissimulait mes yeux au beurre noir avec son maquillage d'adolescente. On ne se livrait pas trop l'un à l'autre sur nos vies respectives. On profitait juste du temps qu'il nous était donné de passer ensemble.

Et puis elle est partie. Elle est allée faire ses études à Toulouse et plus rien n'a jamais été pareil. Elle ne rentrait pas les week-ends, prétextant qu'elle travaillait mieux quand elle était toute seule. J'ai eu beau essayer de maintenir le lien, elle a quand même fini par s'éloigner et se retrouver seule.

CHAPITRE 10

Je me réveille en sursaut. Il me faut trois secondes pour me rendre compte que je me suis assoupi après la crise qu'a piquée ma sœur. Je porte encore mes vêtements de sport. J'aurais dû aller prendre une douche avant de m'allonger ici. Maintenant, mes draps vont puer la transpiration. Pour autant, je ne bouge pas d'un poil. Je reste sur mon lit, à fixer mon plafond tel un désespéré.

Je n'ai vraiment qu'une envie : que cette journée s'achève enfin. Mais un coup d'œil à mon réveil m'informe qu'il n'est encore que trois heures de l'après-midi. Dégoûté, je me redresse et tente de puiser l'énergie qu'il me reste pour aller prendre une douche et pour changer mes draps. Assis sur mon lit, je passe ma main dans mes cheveux pour les ébouriffer.

— Il faut qu'on parle, Tristan.

Bordel ! Qu'est-ce qu'elle fout dans ma chambre ? À nouveau je me retrouve devant le fait accompli. Elle s'est assise sur la chaise de mon bureau. Je comprends très vite qu'elle est passée par notre salle de bains pour atterrir ici. C'est qu'elle est encore rusée, cette petite.

Je la dévisage de la tête aux pieds. Elle s'est changée et porte maintenant un tailleur noir qui affine sa silhouette. Elle n'est pas très maquillée et tient ses lunettes de soleil dans ses mains. Elle s'amuse à plier et déplier les branches. Mais ce que je remarque surtout, ce sont ses yeux un peu rouges, comme si elle avait pleuré.

— On y est allés sans toi. Tu dormais. Et papa m'a dit que tu ne voulais pas venir, de toute façon.

Il faut toujours qu'il se mêle des affaires des autres, celui-là. En particulier des miennes. Je secoue la tête, exaspéré. Lisa s'apprête à reprendre la parole, mais je la coupe avant qu'elle ne puisse ajouter quoi que ce soit :

— Je n'ai pas envie de parler avec toi.

Je me lève et me dirige vers la salle de bains. Je suis prêt à m'y enfermer jusqu'à ce qu'elle daigne lâcher l'affaire et sortir d'ici. Mais elle se précipite pour me bloquer le passage. Mince comme elle est, je pourrais la soulever d'une main et la faire retomber sur mon lit. Seulement elle reste ma grande sœur. Alors je ne le ferai pas. Au lieu de ça, je fais marche arrière et retourne m'asseoir sur mon lit. Et, cette fois, c'est moi qui prends la parole le premier :

— Tu m'as laissé tomber.

Je suis surpris par ma voix qui déraille contre ma volonté. Mais elle n'y prête aucune attention. Elle préfère se jeter sur l'occasion de discuter que je lui offre.

— Je suis partie pour mes études. Rien de plus.

Je commence à m'énerver :

— Tu as arrêté de venir nous voir et même de nous appeler.

— J'avais besoin d'être seule pour me concentrer sur mes cours. Tu sais à quel point papa est strict sur nos résultats scolaires. Et, de toute façon, tu n'étais jamais là quand je rentrais.

— Excuse-moi d'avoir essayé de vivre une vie en dehors de cette maison. Tu m'as laissé tout seul dans cette putain de merde.

— C'était dur pour moi aussi, hurle-t-elle à son tour.

Je reste sur le cul. Encore une fois, nous campons chacun sur nos positions. Je suis peut-être égoïste en pensant que, dans toute cette histoire, je suis le seul à avoir souffert. Mais c'est l'impression que j'ai. Lisa n'a jamais cherché à partager sa souffrance avec la mienne. On est pourtant frère et sœur. On aurait pu se soutenir. Mais elle a préféré jouer l'adulte qui ne montre pas ses sentiments et me laisser seul face au destin de notre famille.

Alors que nous nous fixons les yeux dans les yeux, la porte de ma chambre s'ouvre en grand sur Amanda. Elle a bien choisi son jour pour faire son grand retour, celle-ci ! Lisa et moi la dévisageons d'un même mouvement de tête. Ma sœur déteste Amanda et ce style de fille en général. Une fille à l'allure de petite pimbêche.

Lisa est tout l'opposé d'Amanda. Comme Annabeth, mais dans un autre genre.

Amanda s'excuse du dérangement et sort sa phrase habituelle pour se sentir moins coupable d'être entrée par effraction :

— Ton père m'a laissée entrer.

En réalité, c'est moi qui lui ai donné l'autorisation de venir quand elle le souhaitait. Mon père n'en sait absolument rien. En tout cas, je ne suis pas si surpris que cela de la voir débarquer. Elle m'a fait la gueule pendant assez longtemps. Et aujourd'hui elle a fini les cours plus tôt, alors elle s'est dit qu'elle pourrait venir s'offrir une petite partie de sexe.

Ce n'est pas elle que j'aurais voulu voir débarquer en ce jour, pour me réconforter. Mais j'ai été incapable de répondre au message de la bonne personne. Alors je prends sur moi. Lisa la détestant, ma solution pour mettre un terme à notre conversation est toute trouvée. Je m'avance vers Amanda et l'embrasse en faisant glisser ma main autour de son cou.

Je jette un coup d'œil vers ma sœur. Elle reste plantée devant la porte de ma salle de bains, à nous regarder. Ma bouche descend sur le cou d'Amanda, qui penche la tête en arrière. J'aspire sa peau entre mes lèvres pour lui faire un suçon. Un gémissement s'échappe de la gorge d'Amanda et brise le silence qui règne dans la pièce.

J'enroule mes bras autour de sa taille et l'entraîne avec moi sur le lit. Il me suffit de poursuivre cette petite scène et Lisa quittera ma chambre. C'est un peu odieux de ma part, mais je n'ai vraiment pas envie de discuter avec elle.

Je fais allonger Amanda sur mon lit et me redresse pour ôter mon tee-shirt. Amanda semble un peu surprise que j'ose faire cela sous les yeux de ma sœur, mais elle ne m'arrête pas pour autant. Je retire mon pantalon et rejoins ma partenaire sur le matelas. Lisa se décide enfin à quitter ma chambre.

— Protège-toi, au moins, me lance-t-elle avant de claquer la porte derrière elle.

« Tu peux compter sur moi », je réponds pour moi-même.

Presque deux heures plus tard et pour la troisième fois de la journée, je me retrouve allongé sur le dos à, de nouveau, fixer étrangement mon plafond. De l'autre côté du lit, Amanda est encore endormie, son corps recouvert par la couverture. Plus je la regarde et plus je me dis que l'on ne peut pas continuer ce truc de sexe entre amis. Si Annabeth l'apprend, je n'aurai plus aucune chance avec elle. Et, je ne sais pas pourquoi, mais j'ai envie de me battre pour apprendre à la connaître. J'ai besoin de lui prouver que je ne suis pas qu'un garçon qui a mauvaise réputation.

Le téléphone d'Amanda se met à sonner dans son sac. Je la secoue par l'épaule pour qu'elle décroche. Elle ouvre les yeux mais ne bouge pas du lit. Je lui demande si elle a l'intention de répondre. Exaspérée, elle laisse échapper un soupir. Elle se drape dans la couverture pour aller chercher son téléphone avant de rater l'appel. J'en profite pour me lever à mon tour et me rhabille.

J'attends, les bras croisés, à côté de mon bureau, qu'elle termine sa conversation téléphonique. Une fois qu'elle a raccroché, elle laisse tomber la couverture qui l'enveloppait et s'habille sous mes yeux. Elle m'explique que c'était l'une de ses amies au téléphone et qu'il faut qu'elles se retrouvent avant de se préparer pour sortir. Et je ne peux pas nier que cela m'arrange bien. Avant de partir, elle m'embrasse une dernière fois et je ne la repousse pas.

Peu de temps après, je descends à la cuisine. Je suis affamé. J'entends la voix de Lisa qui provient du salon. J'y jette un coup d'œil. En plus d'avoir hérité de l'intelligence et de la persévérance de papa, elle a hérité de ses mimiques. Elle fait les cent pas dans le salon quand elle a une conversation importante et, quand elle parle, elle fait toujours beaucoup de gestes avec ses mains. Apparemment, cela aide à s'exprimer. Moi, je ne supporte pas de les regarder bouger dans tous les sens sans but. Ça me donne mal au crâne. Je préfère aller me faire un bon sandwich avec de la pâte à tartiner.

Je m'attable et commence à dévorer mon assiette. Lisa entre dans la pièce et se sert un verre de jus de fruits avant de s'installer en face de moi.

— Alors ? C'était sympa cette petite partie de jambes en l'air avec cette fille ? demande-t-elle ironiquement.

— On peut dire ça, je la nargue. Ça remonte à quand la dernière fois que tu as profité de ce plaisir charnel ?

Ma pique est mesquine. Mais c'est plus fort que moi. Peut-être qu'après ça, elle me laissera enfin tranquille.

Lisa avale de travers et me fusille du regard. Je dois dire que je préfère de loin le regard de tueuse de ma brunette. Je lui adresse néanmoins mon plus beau sourire pour la faire rager encore plus.

— Je repars ce soir, m'annonce-t-elle pour changer de sujet.

— Ça aura été du rapide.

À vrai dire, je m'y attendais. Lisa n'est pas connue pour rester très longtemps entre les murs de cette maison. Plus tôt elle peut s'en aller, plus vite elle le fait. Mais cela m'énerve quand même.

Je finis de manger en gardant le silence. Papa nous rejoint dans la cuisine pour se servir un café. Il se met à discuter avec Lisa de son travail et oublie complètement ma présence. Des fois, j'aimerais claquer des doigts sous ses yeux pour vérifier qu'il ne perd pas la vue avec l'âge. Au lieu de ça, je l'ignore moi aussi.

Je fais ma vaisselle et je sors de la cuisine. Je monte me changer dans ma chambre avant de sortir retrouver les gars. Je me suis décidé à aller à la fête de la meilleure amie de Camille. Une soirée ne peut que me faire du bien.

Je m'apprête à quitter la maison quand Lisa s'interpose entre moi et la porte. Une nouvelle fois.

— Tu vas où ?

— En quoi ça te concerne ? Je n'ai pas de comptes à te rendre, je suis majeur et vacciné, je déclare en la poussant avant de sortir et de claquer la porte derrière moi.

Je sais qu'à mon retour elle ne sera plus là et que je ne la reverrai probablement pas avant un bon moment. Mais c'est toujours comme ça que nos au revoir se déroulent.

J'arrive le premier chez Manuel. Il vient de finir de se préparer et il s'est fait beau gosse.

— Tu veux vraiment la pécho, cette petite, je ricane.

— Parle pour toi, rétorque-t-il en me donnant un coup de poing dans l'épaule. C'est vraiment dommage, ce coquart qui gâche ce magnifique visage.

— La faute à qui ?

Lucas et Paul débarquent une demi-heure après et on commande des pizzas. Quelques heures plus tard, on quitte la maison de Manu pour se rendre à la fête. Je suis prêt à m'éclater la tronche. Je sais que l'alcool n'est pas une solution aux problèmes et que maman serait déçue, mais c'est ma manière de célébrer le troisième anniversaire de sa mort.

CHAPITRE 11

Pour accéder à la maison, il faut monter un escalier où certains lycéens, déjà trop bourrés, sont en train de dégueuler par-dessus la rambarde. Il y aura du nettoyage à faire avant que les parents débarquent. En file indienne, on esquive les malades un par un. Paulo ouvre la porte d'entrée, et la musique qui sort de la baraque nous frappe en pleine figure.

À l'intérieur règne un beau bordel dont nous ne sommes même pas les auteurs. Les bouteilles vides s'entassent sur les meubles et sur le sol. Les gens dansent partout où ils peuvent, allant jusqu'à monter sur les tables.

Avec les gars, on fait un petit tour du propriétaire pour se chercher à boire. On n'a pas trop de mal à trouver de quoi nous satisfaire. Dans la cuisine, l'alcool coule à flots. Le sol en est même collant. En tout cas, je vais avoir de quoi me bourrer la gueule.

On nous sert à chacun une vodka et je bois la mienne cul sec. Malgré l'alcool qui me brûle la gorge, je tends mon verre au gars, qui m'en sert un second. On poursuit notre chemin en direction de la salle à manger. On dirait que les couples ont trouvé refuge ici. Certains devraient peut-être penser à chercher un endroit un peu plus intime, d'ailleurs.

On finit par atterrir à nouveau dans le salon. Manuel retrouve Valentine, la fille qui est à l'origine de cette fête et qui est aussi la meilleure amie de Camille. Il a enfin daigné me dire comment elle s'appelait. Elle a l'air un peu dépassée par la situation, qui lui a complètement échappé. Mais en apercevant Manuel elle se met à sourire et semble oublier tout ce merdier. Il a vraiment une touche avec cette fille, ce petit gars.

Je décide de refaire un tour de la maison pour procéder à un état des lieux. Je prête un peu plus d'attention aux têtes des gens qui sont présents pour repérer ceux que je connais. Je n'ai pas l'impression qu'Amanda soit de la partie et cela m'arrange. Je n'avais pas envie de la revoir après le temps qu'on a passé ensemble cet après-midi. Un peu de liberté ne fait de mal à personne.

Je passe par la cuisine pour me servir un autre verre et finalement je décide de m'accaparer la bouteille de vodka. Ça ira plus vite. De retour dans le salon, je m'affale dans le canapé à côté de Paulo et brandis la bouteille en signe de victoire. Celui-ci m'acclame et on part dans un fou rire.

Au bout d'une petite heure, Paulo et moi avons fini la bouteille. Il se lève pour aller en chercher une autre. Pendant ce temps-là, je me prends à observer les gens qui dansent sans gêne devant nous.

Mes yeux s'arrêtent sur une paire de bottines à talons bordeaux. Je remonte sur les jambes nues qui les accompagnent jusqu'à la petite jupe noire moulante et au tee-shirt sans manches. La fille est plutôt bien roulée. Elle a une silhouette intéressante et elle se déhanche bien. Ses longs cheveux noirs semblent voler autour de son visage – que je ne peux voir.

Enfin elle lève la tête et un sourire se dessine sur mes lèvres. Ma brunette est venue s'amuser à une fête de lycéens. J'en ris tout seul sur mon canapé. Elle remarque que je la fixe et s'avance vers moi pour me rejoindre. Il y a de grandes chances pour qu'elle ne s'aperçoive pas que je commence à être un peu bourré.

Elle s'assoit à côté de moi. Je dois dire que je suis assez surpris. C'est sûrement l'une des premières fois que nous nous touchons sans que ce soit volontaire de ma part. Son bras est collé au mien et je n'ai étrangement aucune envie que ce contact entre nous disparaisse.

Comme elle ne dit rien, je tourne la tête pour la regarder. Elle joue avec son bracelet, cherchant peut-être ses mots. Finalement, elle lève les yeux vers les miens.

— Pourquoi m'avoir filé ton numéro si tu ne prends même pas la peine de répondre quand on t'appelle ? me demande-t-elle.

Cette fois, c'est à moi de détourner le regard le premier. Je reporte mon attention sur la bouteille vide que je tiens encore entre les mains. Je commence à en retirer l'étiquette par le petit bout décollé à l'angle, pour cacher le fait que je ne sais pas quoi lui répondre. Les souvenirs de la journée me reviennent en mémoire et, avec, la rage qui accompagne toujours ces moments.

— Ce n'était pas le jour, je réponds en tentant de dissimuler au mieux ma colère dans le son de ma voix.

Je n'ai même pas besoin de la regarder pour savoir que mon ton était trop dur et que mon excuse ne la satisfait pas. Je ne sens plus sa peau sur mon bras. Et, bizarrement, j'éprouve déjà un manque.

— Je comprends. Le premier jour des règles est toujours insupportable, déclare-t-elle en me tapotant le genou.

Je lève les yeux vers elle. Elle s'est déjà remise sur ses pieds, prête à retourner danser. Mais avant elle se tourne une dernière fois vers moi. Un sourire illumine son visage. J'ai un peu de mal à réaliser qu'Annabeth vient de se foutre de ma gueule. Mais ça veut aussi dire qu'elle n'a pas si mal pris ma réponse, qu'elle ne m'en veut pas trop. J'en suis soulagé. Paul revient à ce moment-là avec une nouvelle bouteille.

— Tu en as mis, du temps. Qu'est-ce que tu faisais ?

— J'ai croisé une fille canon, mon pote, je ne te raconte même pas, s'extasie-t-il. Là, c'est elle.

Une fille grande, mince, blonde s'approche de nous et s'installe sur les genoux de Paul. Pressé comme il est, il commence déjà à la bécoter de partout. Je lui arrache la bouteille d'alcool des mains avant de ne plus pouvoir y accéder.

Bilan de ce début de soirée : Paul se tape une meuf à moins d'un mètre de moi, Lucas se prend la tête avec sa petite sœur parce qu'elle drague un mec beaucoup plus âgé qu'elle et j'ai perdu de vue Manu, qui doit être occupé avec sa petite Valentine. Je me retrouve seul, à boire au goulot ma bouteille de vodka.

Je continue d'observer ma brunette et je me laisse envoûter par sa danse. Son amie qui dansait avec elle se penche à son oreille pour lui glisser quelques mots avant de s'éloigner. Annabeth se retrouve seule sur la piste de danse. Au départ, elle semble un peu gênée. Elle pivote vers le canapé où je me trouve. J'ai l'impression de voir la scène au ralenti, de voir ses cheveux suspendus dans les airs quand elle tourne la tête. Ce doit être à cause de l'alcool.

Je ne suis pas sûr que le regard qu'elle pose sur moi soit une invitation à la rejoindre. Mais je le fais quand même. Je me lève du canapé et m'avance vers elle. Je glisse ma main le long de son dos et commence à danser le plus convenablement possible. Elle pose sur moi ses yeux si sombres, hésitants. D'une main, elle dégage les mèches de cheveux qui lui tombent sur le visage. Elle ne laisse pas retomber sa main mais la met sur mon épaule. C'est un signe que, même si elle paraît un peu gênée, elle est d'accord pour que l'on partage cette danse.

Ma main derrière son dos glisse un peu plus bas sur ses fesses. Mais je suis très vite rappelé à l'ordre. Annabeth attrape mon poignet et le replace sur ses hanches. Je m'approche un peu plus d'elle pour retrouver ce contact de nos corps qui ne cherchent pas à se repousser.

Je me saisis de sa main gauche et la pose autour de mon cou. Elle ne me rejette pas, ne me demande pas de ralentir non plus, alors on continue de se déhancher en rythme avec la musique. Je penche mon visage près de son oreille. Je me sens envahi tout entier par l'odeur de son parfum et je sens son corps bouger en symbiose avec le mien. J'ai toujours cette impression que tout se passe au ralenti. Je n'entends presque plus la musique et j'en oublie les gens autour de nous.

Porté par l'alcool, je retente ma chance en glissant ma main sur sa peau sous son tee-shirt. J'y fais des petits cercles, remontant peu à peu. Ce simple contact de mes doigts sur sa peau me fait frémir. Près de mon oreille, j'entends son souffle devenir de plus en plus saccadé. Sa main posée sur mon épaule descend millimètre après millimètre sur mon torse.

Je me rends compte que plus aucun de nous deux ne danse. Nous nous sommes immobilisés au milieu de la piste. Mes lèvres effleurent sa joue sans jamais vraiment la toucher. Ce serait si facile de l'embrasser. Elle est si proche. Mais elle tourne la tête au même moment.

— Arrête, s'il te plaît.

Elle a raison. On ne se connaît pas encore suffisamment. Ce moment était sûrement le plus beau de cette horrible journée. Mon cerveau me hurle de ne pas tout gâcher. Et pourtant je sens quand même mon corps s'approcher à nouveau du sien pour retrouver cette proximité que l'on partageait. Mais cette fois Annabeth se saisit de mes avant-bras pour imposer une certaine distance entre nous deux.

— Tu as trop bu, Tristan.

— Et alors ?

Son visage change soudain d'expression. Elle semble vraiment inquiète de l'état dans lequel je me suis foutu. Des yeux, elle cherche quelqu'un tandis que je tente vainement de me rapprocher encore d'elle.

— Attends-moi là, déclare-t-elle sérieusement, comme si elle parlait à un môme de trois ans.

J'essaye une dernière fois de la serrer contre moi, mais elle me lâche les bras et me laisse seul. Je me sens très con, bourré, au milieu de tous ces gens. J'ai soudain besoin d'air. Je titube vers la sortie et descends les quelques marches du mieux que je peux sans me ramasser. Je m'assois sur le trottoir et j'attends. La proximité avec le sol fait un peu moins tourner les choses autour de moi.

Une main se pose sur mon épaule et une voix qui me paraît lointaine me demande :

— Ça va ?

Annabeth m'aide à me relever et me soutient tant bien que mal pour que je reste debout. Mais je crois que c'était un peu trop en une seule fois. Je sens mon estomac se retourner d'un coup.

— Je crois que je vais vomir.

À peine ai-je eu le temps de prononcer ces mots que je me penche sur le côté pour dégobiller tout l'alcool que j'ai ingurgité. Je sens la main d'Annabeth me caresser le dos pour m'apaiser. Elle me tend un mouchoir et je m'en sers pour m'essuyer la bouche une fois que je me suis assuré que je n'allais pas recommencer.

— Tes copains sont tous occupés. Et je ne te laisserai pas rentrer chez toi à moto dans cet état-là.

— J'habite trop loin, je réussis à articuler.

— Alors il va falloir trouver une autre solution, annonce-t-elle.

On marche pendant ce qui me paraît une éternité vu la vitesse à laquelle on avance. Ou plutôt à laquelle je nous fais avancer. On finit tout de même par atterrir devant une porte d'entrée que je ne reconnais pas au premier abord. Annabeth me fait signe de me taire en posant un doigt sur sa bouche. Elle ouvre la porte.

La maison est plongée dans le noir et dans le silence. Les volets sont fermés et tout le monde est déjà couché. Réunissant ses forces, Annabeth essaye de me soutenir pour monter les marches de l'escalier en évitant de faire trop de bruit. On entre dans la pièce juste en face sur le palier à l'étage. Je n'ai aucune idée de l'endroit où nous nous trouvons, mais j'en déduis que l'on est chez elle. Je ne vois pas où elle aurait pu m'emmener ailleurs. Elle m'aide à m'asseoir sur son lit.

Elle commence à récupérer des couvertures dans son armoire et les étale les unes sur les autres sur le tapis au pied de son lit.

— Tu vas dormir là-dessus, j'espère ? j'ironise.

— Sûrement pas. Je ne vais pas t'offrir le luxe de te laisser mon lit.

— On peut dormir tous les deux dans ton lit, sinon. Il a l'air tellement plus confortable, je m'exclame en m'allongeant dessus.

— Je sais que tu as beaucoup bu, Tristan, mais il faut que tu arrêtes de rêver, me renvoie-t-elle en pleine figure.

Je crois que je n'ai plus qu'à abandonner. Je retire mes chaussures en essayant de ne pas basculer vers l'avant. Ce n'est pas si facile que ça quand on est bourré. Annabeth me rattrape in extremis avant que je ne m'étale. Elle m'aide à m'allonger par terre.

— Les couvertures, ça suffira ?

— Comme dans un cinq-étoiles, ris-je.

Elle soupire en dissimulant un petit sourire et quitte la chambre. Cinq minutes plus tard, elle revient vêtue d'un tee-shirt un peu grand et d'un petit short. Je ferme les yeux pour qu'elle pense que je dors déjà. Je respecte son intimité. J'attends de bien entendre qu'elle se glisse sous sa couverture pour rouvrir les yeux.

Pour la dernière fois de la journée, je m'installe sur le dos et regarde le plafond. Contrairement à chez moi, le plafond n'est pas tout blanc. Annabeth a réussi à y inscrire une phrase.

Carpe Diem. Seize the day, boys,
make your lives extraordinary.
M. Keating – *Le Cercle des poètes disparus*

C'est en gardant un œil sur la citation que je finis par m'endormir.

— Annabeth, il faut que tu m'emmènes au…

J'ai à peine ouvert les yeux que j'ai déjà envie de replonger dans le sommeil. J'ai tellement la tête à l'envers ce matin que j'en ai du mal à me rappeler les évènements de la veille. Mais mon mal de dos me fait vite me rappeler que je me trouve sur un lit improvisé confectionné par Annabeth à même le sol.

— C'est qui, lui ? demande une voix de garçon.

— Parle moins fort, s'il te plaît, lui ordonne sa grande sœur.

— Qu'est-ce qu'un mec fout dans ta chambre ?

— Rien. Il était bourré. Je ne pouvais pas le laisser tout seul, lui répond-elle en retirant d'un grand coup la couverture qui me recouvre.

— Il n'a pas de maison, ton ami ? continue de l'interroger son frère.

— Lève-toi, Tristan. Il faut que tu partes, m'annonce-t-elle. Papa est déjà en bas ?

— Non, c'est pour ça qu'il faut que tu m'emmènes à mon entraînement.

Pendant qu'il discute, je me redresse difficilement et enfile mes chaussures. Annabeth me tend la main pour m'aider à me mettre debout. Mais je peux me débrouiller tout seul.

— Je vais m'habiller et on y va, déclare Annabeth, en vrai petit chef.

Elle sort de la chambre avec un tas de vêtements dans les mains. Je me retrouve nez à nez avec le petit frère de ma brunette. En le regardant bien, je m'aperçois qu'il ressemble plus à Annabeth que je ne l'avais pensé lors de notre première rencontre.

— Tu as un entraînement de quoi ? je l'interroge pour faire la conversation et pour détendre l'atmosphère.

Je sens bien que, même si j'ai dormi par terre, le petit frère n'est pas très heureux de ma présence ici. Il a l'air plutôt protecteur, bien qu'il ne soit pas l'aîné de la fratrie.

— D'athlétisme.

— T'es bien classé ?

— Ça va.

Annabeth réapparaît au même moment. Elle nous ignore complètement et se précipite sur son sac à main pour récupérer ses clés de voiture.

— Bougez-vous, les garçons, nous presse-t-elle. Je ne veux pas que papa ou maman se lève avant qu'on soit partis.

Elle ouvre la porte de sa chambre et vérifie que celle de ses parents, au bout du couloir, n'est pas ouverte. Elle nous laisse passer et je les suis jusqu'à la porte d'entrée. Son frère prend son sac et on sort de la maison.

On se regarde tous les trois et c'est Annabeth qui prend les devants :

— Il faut qu'on y aille.

— Ouais. Bon entraînement, je lance à son frère.

Je leur tourne le dos et me dirige vers le quartier où avait lieu la fête d'hier soir pour retrouver ma bécane et pour enfin pouvoir rentrer chez moi.

Allongé dans mon propre lit, après avoir constaté que Lisa était bien partie et après avoir pris un médicament contre le mal de tête, j'essaye comme je peux de me rappeler la soirée d'hier et ce qui a pu se passer entre Annabeth et moi. Juste avant de sombrer dans le sommeil, je me souviens de la danse que l'on a partagée. Ce moment où nos deux corps ne voulaient pas se séparer. Ce moment où l'on vibrait ensemble.

CHAPITRE 12

Le week-end est malheureusement fini et j'ai toujours la tête dans le cul. Je ne me remets pas de cette fichue soirée de vendredi. Je me sens horriblement mal. J'ai passé les deux derniers jours au lit à pioncer et je dois dire que j'aimerais bien que cela continue. Mais mon père a fait un effort en me laissant hiberner dans ma chambre pendant deux jours, alors ce matin il ne peut pas s'empêcher de venir me réveiller en tapant sur ma porte pour que j'aille au lycée. Ça ne marche que comme ça avec lui.

Je n'ai donc pas d'autre choix que de lui obéir. Je sors de sous mes couvertures et me dirige vers la salle de bains. Je ne suis pas du genre à m'admirer dans un miroir toutes les trois secondes. Mais, quand j'aperçois furtivement mon reflet ce matin, c'est une catastrophe. J'ai une tête affreuse avec cet œil au beurre noir qui continue de changer de couleur.

Je m'asperge le visage d'eau une dernière fois et je m'habille en vitesse pour descendre prendre un petit déjeuner rapide, vu que je suis déjà en retard.

Mon père me dépose en voiture devant le lycée. Il est persuadé qu'ainsi on ira plus vite, mais je suis presque sûr que c'est avant tout pour surveiller que je passe bien les portes du bahut. J'erre un peu dans les couloirs, pas vraiment pressé d'aller en cours. Je croise Manuel.

— Toi aussi t'es en retard ? m'interroge-t-il.

— Comme d'habitude, je tente de sourire.

— Tu as une sale tête, mon pote.

— Ouais. La fête de ta petite Valentine m'a complètement mis à l'envers, je soupire. Tu ne devineras jamais où j'ai fini.

— Sérieux ? Il va falloir que tu me racontes ce qui t'est arrivé.

— À la pause, ouais.

Il frappe à la porte de sa salle de cours et je fais de même de mon côté pour aller en sciences économiques et sociales. Notre prof est du genre hyper stricte sur tout ce qui est retards et bavardages pendant ses cours. Mais aujourd'hui j'ai un billet que m'a gentiment fait Margaret, alors ça devrait passer tranquille. Malgré son air pincé quand je lui tends mon billet de retard, elle me presse d'aller m'asseoir et m'incite sérieusement à ne pas venir perturber son cours davantage.

Je m'installe à côté de ma voisine en évitant de la regarder. Je ne lui ai pas envoyé de message ce week-end pour la remercier de son aide vendredi. Quand on s'est quittés, devant chez elle, j'avais l'impression qu'elle était un peu distante. Peut-être à cause de la présence de son frère. À plusieurs reprises, j'ai tenté de rédiger un texto potable. Mais chaque fois j'ai fini par l'effacer avant d'appuyer sur la touche d'envoi.

Au bout d'une demi-heure, je n'y tiens plus. Je jette des coups d'œil à Annabeth en espérant qu'elle fasse de même de son côté et que nos regards se croisent. Mais elle n'en fait rien. Il faut vraiment que je lui parle pour rattraper le coup, encore une fois. Seulement avec cette prof c'est impossible, elle me mettrait directement à la porte. Ça ne me dérangerait absolument pas. Mais cela donnerait raison à ma réputation et donc à Annabeth. Et il est hors de question que je lui concède ça. Alors je prends sur moi et je reste tranquille jusqu'à la fin du cours.

À l'interclasse, dès que la prof a passé la porte, je me tourne sur ma chaise pour faire face à ma brunette. Elle semble distante. Les bras croisés sur sa poitrine, elle persiste à fixer le tableau des yeux, m'ignorant ostensiblement. Gentiment, je lui donne un petit coup de coude pour qu'elle me regarde.

— Tu ne m'as pas appelé ce week-end, je lui fais remarquer.

Elle fait une sacrée grimace en direction du tableau. Au moins, elle m'écoute. Je lui redonne un coup de coude et cette fois-ci elle m'offre son regard qui tue. La porte claque pour annoncer l'arrivée du prof et le début de son cours.

Je reste encore assis en travers de ma chaise à observer Annabeth, pour être sûr qu'au dernier moment elle ne va pas me dire quelque chose. Mais elle reste impassible, fixant un point sur le tableau.

— Mon cours a commencé, jeune homme, m'informe le prof en me donnant une petite tape sur l'épaule pour que je me retourne.

Je m'avoue vaincu pour cette fois.

À la pause de midi, à peine sortie de la classe, Amanda se jette à mon cou et commence à me bécoter un peu partout. Je fais comme si cela me plaisait parce que, même si c'est une autre fille que j'aimerais embrasser, ça fait toujours du bien de recevoir de l'affection. Amanda s'éloigne enfin quand l'une de ses amies insiste pour qu'elle l'accompagne aux toilettes. Je crois que je me demanderai toujours pourquoi les filles ont besoin d'aller pisser à plusieurs.

Je me dirige vers mon casier pour y déposer mes affaires et, sur le chemin, je croise ma brunette. Elle est seule et la tête à moitié enfouie dans son casier. Je m'arrête pour l'observer quelques instants. Elle range des cahiers dans son sac avant de le pousser de toutes ses forces pour qu'il rentre. Elle claque la petite porte métallique et, quand elle se retourne, je la coince en posant ma main contre les casiers. Elle est surprise, mais très vite la colère resurgit sur son visage. Son regard est vraiment froid. J'ai l'impression de retrouver l'Annabeth des premiers jours. Alors que je pensais qu'il s'était passé quelque chose pendant la soirée de vendredi. Je ne suis quand même pas fou.

— J'ai attendu tout le week-end que tu te décides à m'appeler, je mens.

— Tu te fous de ma gueule, c'est ça ? *Je*, poursuit-elle en se désignant du doigt, devrais t'appeler alors que c'est *toi*, s'énerve-t-elle en pointant son doigt sur moi, qui es parti presque sans un mot ?

Tout en parlant, elle réduit la distance entre nous. Mais je n'ai pas l'impression qu'elle s'en rend compte. Moi, en tout cas, je vois bien ses lèvres se rapprocher des miennes et je commence à vraiment avoir envie d'y goûter. Je sais que je ne devrais pas faire ce que je m'apprête à faire. Je sais pertinemment que je vais le regretter, et pourtant c'est plus fort que moi. J'ai besoin de me prouver que ce que j'ai ressenti vendredi soir quand on a dansé, ce n'était pas juste un rêve de ma part.

Je lève ma main vers sa joue et la caresse du pouce. Elle rougit au contact de ma peau sur la sienne. Sa colère s'atténue au fur et à mesure que je réduis l'écart entre nous. Son visage s'adoucit peu à peu. Plus nos lèvres se rapprochent, plus ses yeux se posent sur les miennes.

Nos bouches sont entrouvertes si près l'une de l'autre que nous partageons le même air. Lentement, mes lèvres effleurent les siennes sans réellement se poser dessus. J'ai envie de concrétiser ce baiser. J'ai envie de l'embrasser. Mais en même temps j'ai l'impression d'attendre qu'elle m'arrête.

Et c'est ce qu'elle fait. Sa main m'attrape la mâchoire sans pour autant se reculer.

— Je ne suis pas ta pute, Tristan, certifie-t-elle d'un air sérieux. Si tu cherches un nouveau plan cul, va voir ailleurs.

— Et si je cherche plus que ça ? je rétorque, un sourire au coin des lèvres.

Elle lâche ma mâchoire en se retenant de rire.

— Tu ne sais pas ce que c'est.

— Apprends-moi, j'affirme aussi sérieusement qu'elle.

Elle jette un coup d'œil autour d'elle, comme si elle réfléchissait à ma proposition. Elle reporte son attention sur moi pour me répondre :

— Tu es bien trop mauvais élève pour ça.

— Je suis sûr que je peux te surprendre. Vendredi soir à vingt heures. Le rendez-vous est pris. Je passe te prendre devant chez toi, j'annonce en commençant à me diriger vers la sortie. Je compte sur toi, je déclare en me retournant une dernière fois avant de rejoindre Manuel et les autres.

— Tu devrais faire attention, Tristan. Ça risque de nuire à ta réputation, me lance-t-elle à travers le couloir.

— Il faut faire des choix dans la vie.

Je n'ai aucune idée d'où tout cela va nous mener et surtout de comment toute cette histoire va nous affecter ou plutôt m'affecter moi. Mais je prends le risque. Pour elle. Parce que Annabeth en vaut la peine.

CHAPITRE 13

TROIS ANS PLUS TÔT

Le reflet que me renvoie le miroir de la salle de bains ne me procure que des frissons le long de la colonne vertébrale. Ainsi que l'image de cette colère qui grandit en moi de jour en jour. Une colère dévastatrice qui comble ce vide immense. Je resserre le nœud de ma cravate avant de me laisser emporter et d'envoyer mon poing dans ce fichu reflet. Au même moment, quelqu'un frappe à la porte de ma chambre.

— Tristan, tu es prêt ?

Pour toute réponse, je sors de la salle de bains et passe la porte de ma chambre pour m'arrêter en face de ma sœur. Elle pose son regard perdu sur moi. La tristesse se lit parfaitement sur ses traits fatigués et ses yeux rougis par les pleurs. Aucune larme n'a coulé des miens depuis que l'on m'a annoncé que ma mère venait de mourir.

Lisa tend ses bras vers moi en signe d'affection. Je n'ai pas la force de lui refuser cela, même si je n'ai nullement envie de faire preuve de sympathie envers elle. Je sens ses bras se serrer un peu plus autour de moi, comme si elle avait peur que je ne m'évapore à mon tour. Mais moi je ne suis pas mort. Je dirais même que je suis bien vivant. Je recule et, sans la regarder dans les yeux, je me dirige vers l'escalier pour descendre rejoindre mes grands-parents.

Grand-père me prend dans ses bras en bas des marches. Une fois notre étreinte terminée, je m'avance vers grand-mère, assise en pleurs sur notre canapé. Mamie est comme était sa fille, elle m'adore. Ainsi que le faisait ma mère, elle me considère comme le meilleur des petits garçons malgré toutes mes conneries. Et, malgré l'avis qu'a mon père de son fils, elle est toujours fière de moi.

Je ne peux que m'asseoir à ses côtés et la prendre dans mes bras de grand garçon pour tenter de la consoler. Ne cessant de la serrer contre moi, je ne souhaite qu'une chose : pouvoir lui enlever toute cette tristesse qui l'accable. Je pose ma tête sur la sienne et lui embrasse le cuir chevelu comme si j'étais devenu l'adulte et qu'elle était l'enfant.

Du coin de l'œil, j'aperçois grand-père, toujours debout, fixant la porte du bureau de papa, dans lequel il s'est enfermé. Personne ne sait ce qu'il y fait. On attend juste, tous, qu'il daigne en sortir pour pouvoir partir à l'église.

Le temps passe. Lentement. Presque au ralenti. Mamie commence peu à peu à se calmer entre mes bras. Lisa est venue s'installer à côté d'elle et elle lui caresse le dos. Tout le monde se redresse en entendant la porte que papi ne cessait de fixer s'ouvrir sur un homme tout de noir vêtu et qui semble en l'espace de quelques jours avoir pris un sacré coup de vieux. J'ai l'impression que cela fait des années que je n'ai pas posé les yeux sur lui. Ses cheveux semblent plus gris que la dernière fois, ses rides plus présentes et ses yeux plus rouges encore que ceux de Lisa.

Il étreint maladroitement papi avant de s'avancer vers nous. Sa main se dirige dangereusement vers mon épaule. Mais je lâche mon emprise sur mamie et me lève avant qu'il n'y ait un contact physique entre nous deux.

Après avoir passé près de deux heures dans l'église, nous nous dirigeons tous vers le cimetière. Autour de la tombe, beaucoup de gens sont attroupés pour saluer une dernière fois maman. Il y a principalement des membres de la famille. Ses frères et sœurs, ses neveux et nièces en âge de comprendre la situation, et des amies proches. Accroché à mon bras et à celui de son mari, mamie avance lentement, les sanglots l'empêchant de marcher plus vite.

Nous nous arrêtons autour du trou creusé à la taille du cercueil. J'ai soudain l'impression qu'un air glacial vient nous recouvrir. Au fur et à mesure que le cercueil descend dans le trou, ma vue se brouille. Je tourne la tête et, derrière plusieurs personnes, je reconnais la silhouette de Manuel. D'un côté, je suis content de le savoir prêt à me soutenir dans les pires moments que la vie nous impose. Mais, d'un autre côté, ma colère me rabâche que même mon meilleur ami ne peut rien pour moi.

Une fois que le cercueil a touché le fond, papa est le premier à se dresser au-dessus pour y lâcher un œillet rose et blanc, les fleurs préférées de maman. Lisa fait de même. Je m'avance à mon tour, tenant toujours mamie par le bras. Ses larmes cessent un instant de couler et sa fleur tombe en dernier adieu à sa fille. Je lève ma main au-dessus du trou. Mes doigts tremblent mais continuent de s'accrocher à la fleur. À côté de moi, Lisa pose sa main dans mon dos comme pour me soutenir. La fleur m'échappe et rejoint les autres.

Une sonnerie stridente me réveille en sursaut. Bordel ! Je me suis encore endormi en cours. Je jette un coup d'œil à Annabeth, occupée à ranger ses affaires pour sortir. Ça fait deux jours que l'on ne s'est pas adressé la parole. Je ne l'embête pas en cours, je la laisse écouter les profs. Je me tiens à carreau à côté d'elle. Avant, je voulais lui prouver que ma réputation disait vrai. Maintenant, je crois que j'ai envie qu'elle voie plus loin que ça, qu'elle comprenne que ce que disent les autres de moi ne me définit pas toujours.

— Tristan, il serait peut-être temps de penser à dormir la nuit, vient me sermonner la prof d'anglais.

Cette prof est arrivée l'année dernière, et elle manque clairement d'autorité et de jugeote. En une seule phrase, je me la mets dans la poche.

— C'est que je ne me sens pas très bien ces derniers temps, je grimace en posant ma main sur mon ventre.

— Oh. Vous auriez dû me le signaler plus tôt, Tristan. Je vous aurais laissé aller vous reposer à l'infirmerie, s'empresse-t-elle de me répondre.

Et voilà mon affaire réglée. Je quitte la classe, et Manuel qui m'attendait me saute dessus comme un gamin. Je lui assène une droite dans l'épaule quand ses pieds touchent le sol. On traverse les couloirs pour rejoindre Paul et Lucas dehors.

Au détour d'un couloir, j'aperçois Annabeth entourée de ses amies. Elle aussi me remarque et plonge ses yeux sombres dans les miens. On a rendez-vous vendredi soir et je commence à me demander ce que je vais faire. Manuel me sort de ma rêverie en me tapant sur l'épaule.

— Eh, mec ! Tu as vu comment cette fille te dévorait des yeux ? m'interroge-t-il.

— C'est Annabeth, j'avoue.

— Sérieux ? Elle est plutôt mignonne.

— Bas les pattes, je le menace. Tu as déjà ta petite Valentine.

On se chahute en riant. Et je retrouve mon sérieux pour lui annoncer la nouvelle :

— Je l'ai invitée à sortir.

— Vous avez un rencard ? ricane-t-il. C'est bien.

— Je ne suis plus si sûr.

Manuel m'arrête et me regarde droit dans les yeux.

— Écoute-moi bien, Tristan. L'amour, ce n'est pas juste l'histoire de tes parents ou celle des miens. Ça ne finit pas toujours mal. C'est plus fort que ça. L'amour, c'est nous qui choisissons de le ressentir. C'est nous qui choisissons de le faire vivre. Et, s'il doit se passer quelque chose entre toi et cette fille, alors fonce ! Ne te mets pas des barrières tout seul.

CHAPITRE 14

Manuel n'a pas complètement tort. Je ne me fie plus à l'amour parce que je ne l'ai jamais vu apporter quoi que ce soit de bien aux personnes qui ont croisé son chemin. Le mariage de mes parents s'est effacé au fil des ans. Ma sœur approche des trente ans et elle n'a pas encore trouvé l'homme de sa vie. Je ne crois pas au grand amour.

Pour moi, ce sentiment de plénitude et de satisfaction, de plaisir partagé avec l'autre, n'est pas réalisable à long terme. Alors c'est vrai que, si je n'écoutais que moi, je ferais peut-être machine arrière quant à mon rendez-vous avec Annabeth. C'est sûrement trop risqué de lui faire croire des choses qui n'arriveront jamais.

Mais c'est possible que ce soit Manuel qui ait raison. Si quelque chose doit se passer entre Annabeth et moi, histoire d'amour ou amitié, il faut que je laisse les choses se faire. Après tout, j'ai demandé à Annabeth de m'apprendre à aimer.

Cet après-midi encore, Annabeth est assise à côté de moi, pleinement concentrée sur le discours du prof. Mais moi, je n'arrive pas à tenir en place. Je change de position toutes les trois secondes, je joue avec mon crayon comme un gamin distrait.

Mon cerveau ne cesse de me rabâcher les paroles de Manuel. Elles tournent en boucle dans mon esprit. Et je n'ai qu'une envie, c'est d'aller boxer. J'ai besoin de me défouler pour me vider la tête.

La sonnerie retentit et je suis le premier à sortir de la salle à toute vitesse. Je suis limite en train de courir dans le couloir pour quitter le bahut.

Une fois dehors, je monte sur ma moto et j'enfile mon casque. Je fais chauffer le moteur et je démarre en trombe. Je passe près d'Annabeth, qui attend son bus sur le trottoir. Dans mon rétroviseur, je remarque qu'elle me suit des yeux. Mais je me concentre sur la route pour cesser de penser à elle.

Précipitamment, je monte dans ma chambre pour me changer et redescends tout aussi vite. Je me rends au garage pour mon entraînement physique. J'ouvre la porte pour faire circuler l'air frais venu de l'extérieur. Je m'étire avant d'attaquer mes séries de squats, de pompes et d'abdos. Après ça, j'enfile mes gants de boxe. Je commence à taper sur le sac poire. Le rythme s'accélère et plus je me concentre sur les impulsions que je donne, plus je sens la sueur me couler le long du front et dans le cou.

Je m'arrête, à bout de souffle. J'appuie mes mains sur mes genoux pour reprendre haleine. En face de moi, la porte qui donne sur la maison s'ouvre. Mon père s'avance. Je n'ai vraiment pas besoin d'une leçon de morale en ce moment.

— Tu viens me dire que je n'ai plus le droit de faire de sport, maintenant ? je l'accuse.

— Non. Même si je pense qu'un homme fort doit aussi l'être intellectuellement, me notifie-t-il.

Je secoue la tête, désespéré. C'est typiquement le genre de phrase que mon père ne peut pas s'empêcher de placer dans ses conversations. Ces petites phrases qui rendent plus intelligent celui qui les prononce mais qui cherchent à envoyer un message à celui qui les reçoit.

— Qu'est-ce que tu veux, papa ?

— Le gérant de ton ancien club de boxe m'a appelé ce matin.

— Je n'y retournerai pas, si c'est ce qu'il veut savoir, je rétorque d'un ton offensif.

— Et je ne te demanderai pas d'y retourner, me certifie-t-il. Seulement, il a trouvé judicieux de m'informer d'une chose.

Les poings sur les hanches, je fais face à mon père qui se tient droit, les mains dans les poches mais le regard perdu, ailleurs. J'ai un mauvais pressentiment sur la suite de notre conversation.

— Matthieu est de retour en ville. Il a retrouvé son poste de coach à la salle.

J'ai l'impression que mon sang ne fait qu'un tour. Les images du passé me reviennent en mémoire. Je me rappelle chaque instant, chaque coup aussi bien donné que reçu. Et je me souviens surtout de ce qu'il représentait pour moi.

Matthieu a été mon coach de boxe dès le premier jour à la salle. Je l'adorais. Il était le plus sympa des entraîneurs et en même temps le plus dur. Il vivait pour la boxe. Il n'est jamais devenu un grand champion des rings, mais pour moi c'était tout comme. Je l'admirais.

Dorénavant, je le hais. À cause de ce qu'il a fait. Il a détruit la vie de ma sœur. Il m'a anéanti. Et jamais je ne pourrai lui pardonner ses actes.

Après la stupeur, c'est cette vieille amie la colère qui m'envahit. Elle me submerge. Et pour la canaliser je suis obligé de foutre mon poing dans mon punching-ball. Une fois. Deux fois. Trois fois. Les coups s'enchaînent, mais la rage est toujours là. Elle est ancrée en moi.

— Tristan, m'appelle mon père.

Mais je ne l'entends pas. Je continue de frapper ce fichu sac. De toutes mes forces.

Il hausse la voix et m'attrape le poignet pour que je m'arrête :

— Tristan !

Je me tourne vers lui et je le regarde dans les yeux. J'attends. J'attends qu'il me dise quoi faire. Pour une fois, je voudrais qu'il m'aide à oublier cette colère.

— Je vais appeler ta sœur pour la prévenir. Ce sera à elle de décider si elle souhaite continuer à nous rendre visite. Tu n'auras pas ton mot à dire. Ce sera son choix. Quant à toi, mon fils, déclare-t-il en posant sa main sur mon épaule, tu ne t'approches pas de lui. Il a le droit de venir vers toi si tu le croises dans la rue. Mais surtout, je ne veux pas que tu fasses ce que tu viens de me montrer là. Je t'interdis de frapper le premier. Je t'interdis de lever la main sur lui une seule fois, m'explique-t-il en prenant mon visage entre ses mains pour que nos regards ne se quittent pas. Pas une seule, Tristan. Tu m'as bien compris ?

Je hoche la tête pour lui signifier que j'ai saisis le message. Ce sera sûrement compliqué de me retenir si je me retrouve à nouveau face à lui.

— Bien. Bien.

Mon père me lâche et j'enlève mes gants de boxe pour monter me réfugier dans ma chambre. Je claque la porte derrière moi avant de m'y adosser. Je glisse le long et m'assois par terre. J'essaye de retrouver un rythme cardiaque normal, mais le combat entre moi et Matthieu défile devant mes yeux en boucle, sans que je puisse l'arrêter.

Je me couvre les yeux de mes mains et mes doigts se glissent dans mes cheveux emmêlés. J'essaye de retenir ce cri dans ma gorge qui ne demande qu'à sortir. Je déteste Matthieu. Je déteste le fait de l'avoir mis K-O pendant notre combat pour que, finalement, ce soit lui qui me mette hors jeu.

Couché dans mon lit, j'attends que le sommeil s'empare de moi. Mais j'ai beau me tourner et me retourner dans tous les sens, rien n'y fait. C'est toujours quand j'en ai besoin que je ne parviens pas à m'endormir. Je regarde l'heure sur mon réveil. Il est déjà deux heures du matin. Si ça continue, je ne pourrai jamais me lever assez tôt pour aller au lycée à l'heure comme les autres.

Contre toute attente, mes yeux se posent sur la photo, dans le cadre, à côté de mon réveil. Elle représente un temps qui n'existe plus depuis bien longtemps. Dans la famille, nous en avons tous un exemplaire. Lisa l'a accroché au-dessus de son bureau dans sa chambre. Papa l'a posé sur son bureau et maman l'avait mis dans son portefeuille, comme ça elle nous avait tout le temps avec elle. Parfois elle sortait la photo pour me la montrer et après elle la posait sur son cœur. Elle disait que c'était sa place et que cela le serait toujours. Un sentiment d'apaisement me gagne en me rappelant ce souvenir d'elle.

Lorsque je me réveille, il est près de midi. Sans prêter plus d'attention au fait que je viens de manquer la moitié de mes cours de la journée, je vais prendre ma douche et descends manger quelque chose pour calmer mon estomac.

Quand j'arrive au lycée, le premier cours de l'après-midi a déjà débuté. Je me rends à l'accueil pour récupérer un billet de retard. J'ai un argument en béton qui va tout de suite convaincre Margaret.

— Bonjour, Margaret, je lance.

— Bonjour, monsieur Journe, me répond en retour une voix masculine.

Et merde. Je n'avais pas prévu que ce serait le directeur qui m'accueillerait.

— Vous voulez bien me suivre dans mon bureau, Tristan ? Je pense qu'une petite discussion s'impose, n'est-ce pas ?

Je trouve ce genre de questions rhétoriques stupide au plus haut point. Le directeur parle toujours comme ça. Il te pose des questions mais, en réalité, tu n'as pas d'autre choix que de faire ce qu'il te demande.

— C'est que je ne voudrais surtout pas être plus en retard que je ne le suis déjà.

— Je me chargerai personnellement de vous faire un billet de retard, ça vous va ? rétorque-t-il.

Je soupire un grand coup, exaspéré, et je le suis dans son bureau. Je suis déjà venu dans ce bureau un paquet de fois au fil des ans. Une de plus aujourd'hui ne va rien changer à ma vie. Je m'affale sur une des chaises devant son bureau et j'attends qu'il prenne la parole.

— Pas la peine d'y aller par quatre chemins, Tristan, on est d'accord ? L'année scolaire a débuté il y a près de deux mois maintenant, et vous avez accumulé un nombre record de retards et d'absences.

Je le provoque un peu :

— Vous voulez dire que j'ai fait mieux que l'année dernière à la même période ?

— On va commencer par une heure de colle pour aujourd'hui. Par la suite, si votre comportement ne s'améliore pas, nous réfléchirons à un suivi de présence avec un contrat entre vous et le corps enseignant. Ça vous va ?

Encore une question qui n'attend pas vraiment de réponse.

— Avec grand plaisir, j'assure.

— Très bien. Je suis content que nous ayons trouvé un terrain d'entente, Tristan. Cette année est celle de votre bac et vos professeurs se joignent à moi pour vous dire que nous souhaitons tous votre réussite.

Je me fiche éperdument de ce que les profs et lui-même peuvent espérer de moi. Vu comme je suis parti, ils vont tous avoir la joie de m'avoir sur le dos un an de plus quand je redoublerai.

Pour lui faire plaisir, je hoche la tête d'un air sérieux. Il me signe mon billet de retard et je quitte son bureau. J'entre en cours de sciences économiques et sociales. Tous les élèves sont en train de travailler en binômes. Je me retrouve avec un petit intello qui sait parfaitement faire le travail tout seul. Et cela ne lui pose aucun problème que je ne l'aide pas. Il y arrive mieux sans moi, me confie-t-il. Pour donner une illusion de travail de groupe, il m'explique tout de même son cheminement pour arriver à l'analyse qu'il soutient. Je l'écoute en sourdine. Je préfère nettement me concentrer sur le profil de ma brunette.

La sonnerie retentit enfin pour nous libérer de nos deux heures de sciences économiques à la suite. Je suis encore le premier dehors pour retrouver les potes à l'extérieur.

On est tranquillement assis sur les bancs de la cour quand je vois Amanda s'approcher de nous. Elle s'installe sur mes genoux et glisse ses doigts dans mes cheveux. J'embrasse ses lèvres pulpeuses. Quand je me recule pour reprendre mon souffle, je croise le regard de Manu. Il secoue la tête, dépité. Je suis en train de faire une connerie. J'en ai parfaitement conscience. Mais je ne peux pas m'en empêcher. On dirait que j'essaye de faire foirer ma relation avec Annabeth avant même qu'elle n'ait réellement commencé. J'embrasse à nouveau Amanda. Elle se penche vers mon oreille et me murmure :

— On va chez moi.

Je recule un peu.

— Je ne peux pas. J'ai une heure de colle.

Le bruit strident de la cloche retentit, me rappelant à l'ordre. Sans grande conviction et après m'être débarrassé d'Amanda, je rejoins la salle de retenue. Par la fenêtre, j'aperçois une fille déjà installée. Je vais pouvoir papoter un peu pour faire passer le temps plus vite, c'est cool.

J'ouvre la porte et je m'avance vers le pion pour lui donner mon mot. Je me dirige vers le bureau de la fille pour prendre possession de celui qui se trouve juste à côté. La fille relève la tête et nos regards se croisent. Annabeth. Mais bien sûr, ma petite brune. J'aurais dû la reconnaître, mais c'était tellement peu probable que nous nous retrouvions tous les deux enfermés ici pendant une heure.

CHAPITRE 15

Je m'assois au bureau à côté d'elle, laissant l'allée centrale nous séparer. Je me penche pour lui chuchoter :

— Qu'est-ce que tu fous en retenue ?

— C'est ta faute, certifie-t-elle sérieusement.

— Ah merde ! Qu'est-ce que j'ai encore fait ? je ricane en tentant de dissimuler mon sourire.

Elle se tourne sur sa chaise pour me faire face.

— Il se pourrait bien que tu m'aies quelque peu exaspérée et que dans mon agacement j'aie répondu à mon prof.

— Comment j'ai pu t'énerver alors qu'on ne s'est pas parlé depuis trois jours ?

— C'est bien pour ça que je me suis énervée. Je ne te comprends pas, Tristan. Un coup tu t'approches et puis l'autre coup tu recules de deux pas en arrière, tu mets de la distance. Je suis censée faire quoi, moi, dans tout ça ? Te suivre dans ton petit jeu ? Je veux bien essayer, mais je te préviens que je vais vite me lasser.

Le pion tousse volontairement pour nous faire comprendre qu'il ne veut entendre que le bruit du silence, sans quoi nous écoperons d'une deuxième heure de colle.

Annabeth se met au travail tandis que je reste figé, à ne pas savoir quoi répondre à ce qu'elle vient de me dire. Je suis complètement incohérent dans mon comportement avec elle. Tout à l'heure encore, j'embrassais Amanda. Il faut que je me ressaisisse, que je fasse un choix : prendre le risque de tomber amoureux d'Annabeth ou tout laisser tomber pendant qu'il en est encore temps.

Tout d'un coup, je quitte ma chaise et m'avance vers le bureau du pion. Il lève les yeux de son journal et me lance un regard interrogateur.

— Je peux utiliser le tableau pour un exercice de maths ? je prétexte en attrapant une craie.

Aussi exaspéré que nous d'être ici, à surveiller seulement deux élèves qui n'ont quasiment rien fait de mal, il me donne l'autorisation. Je fais sauter plusieurs fois la craie dans ma main avant de me lancer.

Je commence à écrire au tableau. Une fois que j'ai fini, je recule d'un pas pour me relire. Derrière moi, j'entends la chaise d'Annabeth grincer. Je me retourne et la vois s'avancer.

— Je dois l'empêcher de rater encore plus son devoir de maths, ment-elle au pion en attrapant à son tour une craie.

Elle s'arrête juste à côté de moi. Je la regarde lire ce que j'ai écrit sur le tableau. Je ne sais pas comment elle va le prendre. J'ai juste essayé d'être moi-même, de dire la vérité. J'espère qu'elle va me croire, qu'elle va m'accorder sa confiance et me laisser une chance.

Des yeux je peux suivre où elle en est et je lis avec elle.

« Écoute, je suis un vrai connard. Ma réputation me colle à la peau et je n'ai jamais rien fait pour la changer. Parce que je préfère que les gens me fuient plutôt qu'ils s'attachent à moi. Sauf en ce qui concerne mon meilleur ami, Manuel. Et c'est comme ça depuis que ma mère est morte il y a trois ans.

« Tu l'auras compris, je ne sais pas aimer. Je ne sais pas ce que veut dire "être en couple". Cette idée même de m'attacher à une fille, de se donner à elle, me dérange. Je ne la comprenais pas. Avant toi.

« Mais je peux changer. Tu peux me changer. Je suis loin d'être le petit ami parfait. Mais je veux bien essayer. Avec toi.

« Est-ce que notre rendez-vous de demain soir tient toujours ? »

Annabeth inscrit un « oui » sur le tableau, juste en dessous de ma question. Sans jamais me regarder, elle fait glisser le bout de ses doigts sur l'intérieur de ma main.

— Essayons d'abord d'être amis, Tristan, murmure-t-elle en tournant enfin la tête vers moi, un sourire sincère aux lèvres.

Derrière nous, le pion referme son journal. Brusquement, Annabeth et moi nous précipitons sur les brosses pour effacer le tableau. Puis nous retournons à nos places comme si de rien n'était. Je me sens soudain plus soulagé.

Je tourne la tête vers Annabeth, qui, de l'autre côté de l'allée, tente de se retenir de rire comme elle peut. Cette image d'elle me fait sourire. Je n'ai plus envie de rire, moi. Je veux juste continuer de la regarder. Elle ne m'avait encore pas laissé découvrir cette partie d'elle, heureuse et joyeuse, préférant me réserver sa part obscure avec son regard de tueuse. Mais c'est parce qu'on ne se connaît pas encore bien. Les choses vont changer entre nous, elles vont évoluer.

Finalement, c'est la sonnerie qui vient rompre cet instant. On a survécu à notre heure de colle. J'attends qu'Annabeth range ses affaires et je la suis jusqu'à la porte, que j'ouvre galamment. Dans les couloirs, aucun de nous deux n'ose prendre la parole.

J'ouvre la dernière porte pour sortir dehors. Sans nous être concertés, nous nous arrêtons pour nous faire face. C'est l'heure de nous quitter pour aujourd'hui.

— Enfin, soupire une voix derrière moi. Je commençais à en avoir marre de t'attendre.

Amanda s'accroche à mon cou et se met à m'embrasser. J'ai un mouvement de recul, mais Amanda ne s'en rend même pas compte. J'aurais préféré qu'elle me laisse tranquille pour une fois.

À côté de moi, Annabeth perd instantanément son sourire et devient mal à l'aise. Elle fait quelques pas en arrière.

— On se voit en cours, nous salue-t-elle d'un petit signe de la main.

Je la regarde s'éloigner vers son arrêt de bus. Je voudrais pouvoir lui courir après et lui expliquer que ce n'est pas ce qu'elle croit. Sauf que je lui mentirais. Annabeth sait très bien qu'entre Amanda et moi il se passe quelque chose. Et, tant que l'on restera amis, elle ne dira rien. Mais, si je veux aller plus loin avec elle, je dois arrêter ce truc avec Amanda.

Quand je repose les yeux sur Amanda, cette dernière a l'air plutôt fière du petit tour qu'elle vient de jouer. Et ça ne fait que m'agacer davantage. Visiblement, Amanda est plus possessive et jalouse que je ne l'imaginais.

Je me dégage de son emprise.

— J'ai autre chose à faire, je déclare avant de partir vers ma moto.

— Tu pourrais au moins me ramener chez moi, Tristan, me lance-t-elle.

— Pas le temps.

Si je l'énerve un peu trop, elle va partir fâchée, et j'aurai peut-être la paix pour le week-end. Comme ça je serai sûr qu'elle ne cherchera pas à me suivre à la trace et qu'elle ne viendra pas gâcher mon rendez-vous avec Annabeth.

Ça me laissera un peu de temps pour voir comment les choses avancent avec ma brunette. Après, je pourrai rompre avec Amanda.

Les filles, c'est vraiment que des histoires.

CHAPITRE 16

Finalement, avec Annabeth, nous avons convenu de nous retrouver devant le café de la place pour aller boire un verre. Elle ne voulait pas avoir à expliquer à ses parents pourquoi elle sortait avec un garçon un vendredi soir. Elle a donc à nouveau fait preuve de rébellion. Deux fois en l'espace de deux jours. Je suis en train de déteindre sur cette fille. C'est pas bon.

Avant de descendre pour sortir la rejoindre, j'inspecte une dernière fois mon reflet dans le miroir de ma salle de bains. Je passe ma main dans mes cheveux et quitte la pièce pour de bon.

Pour une fois, je ne suis pas trop en retard. Visiblement c'est elle qui doit l'être, parce qu'on avait décidé de s'attendre devant la porte du café et qu'elle n'est pas encore là. Il ne me reste plus qu'à patienter.

J'attends. Toutes les secondes, je jette un coup d'œil à mon portable pour surveiller l'heure et vérifier qu'elle ne m'a pas envoyé de message pour annuler notre rendez-vous. Après tout, je ne connais pas ses parents. Ils ont peut-être refusé qu'elle sorte ce soir. En tout cas, ce serait bien la première fois qu'une fille me pose un lapin.

Plus le temps passe, plus je sens le stress monter en moi. Ça aussi c'est une première. D'habitude, je suis plutôt serein et à l'aise en présence d'une fille. Même si ce genre de rendez-vous n'est pas quelque chose que je fais souvent.

Je commence à avoir l'air bête, tout seul, planté là à tourner la tête dans tous les sens pour surveiller l'arrivée de ma brunette. Mon regard finit par se poser sur cette fille que j'attends avec impatience. Elle est assise en tailleur sur un banc. Elle est occupée à regarder son téléphone. Elle coince une mèche de ses cheveux derrière son oreille et se remet à taper sur son écran de portable. Inconsciemment, je souris de la voir si naturelle à son insu.

Je m'avance vers elle et m'assois à côté d'elle en faisant mine de ne pas la remarquer. Et, pour sa part, elle fait de même. Je sors mon téléphone de ma poche et lui envoie un texto :

« Trouvée :) »

Dans la foulée, elle me répond :

« Tu as eu du mal, mais tu as réussi ! »

Je me tourne vers elle. Annabeth me regardait déjà. Elle attendait que je lise son message. Elle me sourit. Je retrouve ma brunette de l'heure de retenue. Et ça me fait plaisir. J'avais un peu peur parce que, même si Amanda me faisait la gueule et qu'elle n'est donc pas venue m'embêter de la journée, Annabeth a préféré faire profil bas jusqu'à ce soir. Je pense qu'elle ne voulait pas être remarquée par Amanda, et elle a eu raison.

— C'était un test ? je lui demande.

— Pas vraiment. Je suis du genre à être toujours en avance, alors je voulais voir comment tu réagirais si, pour une fois, la fille ne t'attendait pas de pied ferme.

— Et j'ai réussi ?

— Haut la main, s'amuse-t-elle à me répondre.

Pour une fois, on prend le temps de se regarder dans les yeux sans vouloir s'entretuer.

— Alors ? Qu'as-tu prévu pour ce soir ?

À vrai dire, je n'ai pas pris le temps d'y réfléchir. Je ne sors jamais avec Amanda. C'est une première pour moi.

— On va boire un verre ? je lui propose.

Elle me regarde en arquant un de ses sourcils.

— Je m'attendais à quelque chose de plus… surprenant, venant de toi.

— On a toute la nuit pour ça, je souris, me mettant debout et en tendant la main vers elle.

Elle accepte de prendre ma main et elle se lève du banc à son tour. Nous nous dirigeons vers le café. La terrasse est déjà bondée. On s'avance vers l'intérieur. Je repère une table libre au milieu de la salle. J'emmène Annabeth avec moi. On s'assoit l'un en face de l'autre.

Les premières minutes sont assez gênantes. Pour tous les deux. Personne ne sait trop quoi dire. Ce rendez-vous paraît tellement officiel que c'en est angoissant. Je n'ai pas envie de tout faire foirer. Annabeth lit le dépliant des boissons. Elle semble plus à l'aise, plus détendue que moi.

On commande les consommations et rapidement le serveur revient avec. Annabeth a choisi un cocktail sans alcool du nom de Red Sunshine et j'ai pris une simple bière.

— Alors, comment va ta petite amie ? m'interroge-t-elle.

— Qui ?

— La fille grande, blonde, le cliché parfait de la lycéenne dont tous les garçons raffolent.

Évidemment elle parle d'Amanda, qui nous a interrompus quand on est sortis de notre heure de retenue.

— Pas besoin de lire des livres ou de regarder des films américains pour voir qu'elle est catégorisée comme la plus jolie fille du lycée, reprend Annabeth.

Je tente d'en rire :

— Je sens que cette conversation va virer au procès pour ma poire.

— On sait tous les deux que tu joues le rôle du mauvais garçon.

— Et le tien dans tout ça, alors ? je lui demande, un demi-sourire aux lèvres.

— L'élément perturbateur, avoue-t-elle.

En y réfléchissant, je réalise qu'elle a totalement raison. Elle représente l'élément perturbateur de ma vie à moi. Depuis que l'on est voisins de classe, je n'arrive plus à penser comme avant. J'ai l'impression que quelque chose me pousse à être quelqu'un que je ne suis plus. Annabeth bouleverse ma vie de mauvais garçon.

— Ta relation avec Amanda va être mise à mal à cause de moi, s'explique-t-elle.

— Si elle est mise à mal, ce sera ma faute, je la rassure.

— Pourquoi ?

— Parce que j'aurai des sentiments pour quelqu'un d'autre.

Annabeth baisse le regard sur son verre pour masquer ses joues qui rougissent. Elle s'amuse à faire tourner sa paille dans sa boisson le temps de reprendre de l'assurance. Comme je ne veux pas lui faire peur ou précipiter quoi que ce soit, je change de sujet :

— Tu vas souvent en soirée ?

— Pas autant que toi.

— On peut difficilement faire mieux, je ris.

Annabeth rit à son tour et me voilà rassuré.

— J'aime bien sortir, mais j'apprécie aussi de rester seule chez moi.

— Et qu'est-ce que tu peux bien faire toute seule ?

— Je glande. Les filles ont autant le droit que vous de se foutre dans le canapé pour regarder la télé, m'informe-t-elle. Nan, sinon j'aime bien lire.

— C'est pour ça que tu t'y connais tellement en clichés.

— J'avoue.

L'ambiance est déjà plus détendue qu'au départ. Chacun commence à prendre ses aises. On a sûrement l'air bêtes, mais on ne peut pas se retenir de sourire ou de rire quand on se regarde. Les sujets de conversation tournent beaucoup autour du lycée, de nos amis respectifs, d'histoires drôles qu'on a vécues. Annabeth me raconte une bêtise que sa petite sœur a faite quelques jours plus tôt et c'est à mourir de rire.

— Et toi, tu as des frères et sœurs ? demande-t-elle.

Parfois, j'oublie que j'ai une sœur. On est tellement peu souvent en contact que j'en oublie sa présence.

— J'ai une grande sœur.

Annabeth semble s'en réjouir.

— Alors tu n'es pas un cas aussi désespéré que je le pensais, se moque-t-elle.

Je ne sais pas quoi lui répondre. Je n'aime vraiment pas aborder le sujet de ma sœur. Je ne sais jamais quoi dire. Quand je dis aux gens quel métier elle exerce et où elle vit, elle devient le centre du monde. Ils me félicitent toujours de pouvoir suivre un tel modèle. Sauf que je ne suis pas ma sœur. Et je n'ai aucunement l'intention de finir comme elle. Annabeth, contrairement à tous les autres, semble remarquer mon malaise.

— Pour ma part, tu as pu voir que mes parents ne se sont pas satisfaits d'un seul gosse. Selon eux, ils cherchent encore la recette pour faire un enfant parfait.

— Tu es l'aînée ?

— Oui. Après moi, il y a Jared, qui a quinze ans. On aurait pu ne rester que tous les deux, avec le choix du roi. Mais finalement ça ne faisait pas assez de bruit. Alors il y a eu ma petite sœur Mathilde, qui a cinq ans, et, pour terminer en beauté, il y a eu le bébé. Aussi appelé Mathis.

— Tu n'aimes pas être la plus grande de la fratrie ? je l'interroge.

— Si. Mais ce n'est pas toujours simple. On te demande d'être responsable, de montrer l'exemple. Je fais comme je peux, en sachant que mes frères et sœur sont différents de moi et que nous ne sommes pas formatés pour vivre les mêmes choses. Le meilleur exemple que je puisse leur montrer, c'est de vivre ma vie comme je l'entends et d'être heureuse avec.

J'admire sa franchise envers moi et la manière qu'elle a de voir les choses. Je suis persuadé que ma sœur ne pense pas montrer l'exemple comme Annabeth le fait pour ses frères et sœur. Elle est vraiment particulière.

— Tes parents n'ont pas plus d'inquiétudes pour toi ?

— Tu veux parler des petits amis ? dit-elle en soulevant l'un de ses sourcils.

— Je veux dire qu'ils découvrent comment éduquer un enfant avec le premier. C'est à travers toi qu'ils vivent toutes les « premières fois » qu'un parent se doit d'apprendre. Et notamment comment gérer les petits amis.

— Pour l'instant, ils n'ont pas eu de « première fois » de ce côté-là, rétorque-t-elle en mimant les guillemets avec ses doigts.

— Tu n'as jamais eu de petit copain ? je demande, étonné de cette découverte.

— Non.

— Pourquoi ? Tu es trop difficile ?

— Ce n'est pas une question d'être difficile. C'est une question de trouver le bon. Celui qui te met à l'aise, avec lequel tu n'as pas peur d'être à nu au sens figuré comme au sens propre.

— Est-ce que c'est vrai que les filles recherchent un mec qui ressemble à leur père ? je l'interroge en me penchant vers elle. Je me suis toujours posé cette question.

— Tu as peur de ne pas avoir ta chance avec moi ? me questionne-t-elle très sérieusement.

Je hoche la tête en signe d'aveu.

— Tu te sous-estimes, Tristan. Tu ressembles beaucoup plus à mon père que tu ne le crois, sourit-elle.

Il y a encore un peu d'espoir pour moi, alors. Je me sens presque soulagé qu'elle ait pu me dire ça.

Après un deuxième verre, Annabeth me demande si on peut sortir dehors. On quitte le café et je commence à marcher vers le parc tout proche.

À cette heure il est désert, et je suis bien content de pouvoir en profiter seul avec Annabeth. Elle me pose des questions sur la boxe, sur mon enfance. Je réponds tout en restant vague. Je lui parle plutôt des bons côtés de cette période, comme la place de soutien que ma mère occupait ou mon amitié avec Manuel.

— Ne lui dis surtout pas que je t'ai raconté tout ça, je précise. D'habitude, on ne parle jamais de nos histoires à personne.

— Je suis flattée que tu m'en aies fait part, alors, assure-t-elle en faisant glisser sa main dans la mienne comme la dernière fois devant le tableau pendant notre heure de colle.

Au bout de quelques pas, je ne peux plus me retenir. Ces trois heures que nous venons de passer n'ont fait que me donner plus envie encore.

Je m'arrête et me tourne vers elle. Elle fait de même avec un regard interrogateur. Du bout des doigts, je caresse les siens avant de me lancer :

— Embrasse-moi.

Contre toute attente et sans l'ombre d'un doute, Annabeth se dresse sur la pointe des pieds et pose ses lèvres sur les miennes. J'attendais ce moment depuis si longtemps. Je ferme les yeux et apprécie ce simple contact de sa bouche contre la mienne.

Je dois avouer que je ne pensais pas qu'elle le ferait. J'étais partagé entre la crainte qu'elle veuille juste qu'on reste amis et l'espoir qu'elle veuille qu'on soit plus que ça.

— J'ai réussi mon test ? me demande-t-elle une fois qu'elle s'est un peu reculée.

— Haut la main, j'avoue en souriant.

À cet instant, une voix grave s'élève dans mon dos :

— Tiens, Tristan, comme on se retrouve…

Je me retourne et, malgré la pénombre, je reconnais immédiatement le visage de Matthieu. Je repère tout de suite la cicatrice qui lui barre le sourcil, celle que je lui ai laissée lors de notre combat. Ça fait trois ans que l'on ne s'est pas vus. Et, si lui n'a pas changé du tout, moi si.

CHAPITRE 17

Papa m'avait prévenu en début de semaine qu'il était de retour en ville. Mais je ne m'attendais pas à croiser son chemin aussi vite. Et sûrement pas ce soir, en présence d'Annabeth. J'ai intérêt à écouter les conseils de mon père et à ne pas m'emporter contre lui, même si ce n'est pas l'envie qui m'en manque.

Matthieu jette un coup d'œil à Annabeth avant de reporter son attention sur moi. Il se frotte les mains comme s'il préparait un mauvais coup. Je ne le sens pas du tout, ce type. Tous les muscles de mon corps se raidissent en réaction à son attitude plus qu'étrange. Ma main presse un peu plus celle d'Annabeth, sur laquelle je n'ai pas encore posé les yeux, trop occupé à le fixer lui.

— Tu ne me présentes pas ? demande-t-il, le sourire aux lèvres.

Constatant que je n'ai nullement l'intention de le faire, il s'en charge lui-même. Il tend la main à Annabeth, qui la lui serre.

— Matthieu, un vieil ami de la famille de Tristan, se présente-t-il.

— Annabeth, répond-elle par politesse.

— Très joli prénom, déclare-t-il en lui faisant le baisemain.

Pendant qu'il s'occupe d'Annabeth, je jette un coup d'œil aux environs. Matthieu n'est pas là par hasard. On se trouve dans un parc peu fréquenté à cette heure-là. Apprendre qu'il nous a suivis ne me surprendrait pas. De toute façon, il n'est pas de retour en ville pour rien.

Il n'y a que la lumière des lampadaires pour nous éclairer, et Matthieu a pris soin de débarquer devant nous alors qu'on se trouve en plein milieu du parc. Il n'y a personne pour nous voir et personne pour nous entendre. Il n'y a que lui, Annabeth et moi. Ce qu'il n'avait peut-être pas prévu. Je ne peux compter que sur elle si la situation dérape et que Matthieu souhaite en venir aux mains pour prendre sa revanche.

Matthieu se rapproche de moi et m'assène une claque sur l'épaule dans un geste d'amitié. Mais je présage que la suite ne va pas me plaire du tout. Il est plutôt du genre à ne pas y aller par quatre chemins pour dire ce qu'il pense.

— Alors, l'ami, comment va ta sœur ?

Discrètement, j'essaye d'inciter Annabeth à se décaler derrière moi pour pouvoir la protéger un minimum. Mais, en même temps, je ne veux pas lui faire peur. Il faut qu'elle soit en capacité de joindre les flics et de se rappeler tout ce qui s'est passé dans les moindres détails au cas où les choses tourneraient mal. On ne va pas assister aux retrouvailles joyeuses d'un boxeur et de son ancien coach, ni d'un mec avec l'ex de sa sœur.

— Beaucoup mieux depuis que tu es parti.

Matthieu éclate de rire en renversant la tête en arrière.

— Elle me manque, tente-t-il de m'amadouer.

— Tu ne lui manques pas du tout, je te rassure.

— J'aimerais bien la revoir, soupire-t-il.

Son ton sonne totalement faux. Il essaye de jouer un jeu. Mais je n'entrerai pas dedans. Il peut chercher à me provoquer autant qu'il veut, je ne frapperai pas le premier. Sinon c'est sur moi que ça va retomber, et je ne compte pas avoir affaire à la justice à cause de lui.

— Si tu t'approches d'elle…

— Tu vas faire quoi, Tristan ? murmure-t-il en s'avançant au plus près de moi.

Son expression a complètement changé. Il vient de sauter d'aimable à vraiment menaçant en passant par la tristesse en un coup de maître. Mais je ne suis pas dupe. Il s'impatiente. Tout ce qu'il veut, c'est que l'on arrête de parler et qu'on se batte. Je lui laisse l'avantage du premier coup.

Derrière moi, je sens que ce changement de comportement brutal inquiète Annabeth. Sa main droite se pose sur mon avant-bras.

— On devrait y aller, Tristan, essaye-t-elle de s'interposer.

— On n'a pas fini de discuter, menace-t-il en m'empoignant par le col.

Ce geste est un signe. On fait la même taille, alors il n'a pas besoin de m'agripper de la sorte. Ce qu'il veut que je comprenne, c'est que le premier coup va bientôt partir. Et je ne fais que ça, l'attendre.

— S'il te plaît, Tristan. Partons d'ici, commence à chuchoter Annabeth à mon oreille.

— Dis à ta copine de la fermer, petit merdeux. Toi et moi, on a des choses à régler.

— Alors réglons-les une bonne fois pour toutes, je certifie.

Sur les lèvres de Matthieu se dessine un sourire plus que malveillant. Je crispe les mâchoires et desserre mes doigts de la main d'Annabeth. Elle tente tant bien que mal de s'y raccrocher. Elle a compris que si je la lâche c'est pour le frapper lui.

— C'est demandé si gentiment, je ne peux pas refuser.

À peine a-t-il prononcé cette dernière phrase que son poing s'écrase contre ma joue. Dans la seconde, j'ai l'impression d'avoir tout le côté du visage en feu. Mais je réplique tout de suite en lui crochetant le pied par l'intérieur. Matthieu bascule en arrière et m'entraîne avec lui dans sa chute.

J'entends Annabeth nous crier dessus pour qu'on arrête mais aucun de nous deux ne l'écoute.

Matthieu roule et je me retrouve sur le dos à mon tour. Il se redresse pour pouvoir me frapper au visage tandis que j'essaye de me protéger. Pour l'instant, c'est clairement lui qui a l'avantage. Je prends les coups et je n'en donne pas suffisamment. Je ne suis pas en position de le faire.

Je commence à prendre cher. Son genou m'appuie sur les côtes et j'ai du mal à respirer. À plusieurs reprises, Matthieu réussit à me toucher au niveau du visage et je sens du sang couler de mon nez jusque dans ma bouche.

— On dirait que tu n'as pas retenu grand-chose de ce que je t'ai enseigné.

Le bras de Matthieu se lève pour atterrir une fois de plus sur mon visage. Mais Annabeth tente de s'interposer en s'accrochant à son coude pour le retenir.

Matthieu ne s'en soucie pas. Il se dégage de son emprise et lui donne par inadvertance un coup de poing dans l'œil. Elle titube en portant ses mains à son visage. J'aimerais lui demander si ça va. Mais, pour y parvenir, il faut d'abord que je me sorte de là. Matthieu, qui s'est retourné pour jeter un regard à Annabeth, a desserré sa prise sur moi. J'en profite pour ramper en arrière et me relever.

Très vite, Matthieu s'en aperçoit et se redresse aussi. Seulement, cette fois je suis le plus rapide des deux et mon tour vient de le frapper à ma guise. Je sens le poids de cette colère si familière m'assaillir et j'ai peur de ne pas réussir à m'arrêter de le cogner.

Finalement c'est lui qui va m'empêcher de le détruire une seconde fois. Une douleur atroce me prend au niveau de l'estomac. Je me sens faire quelques pas en arrière. Ma main glisse sur mon ventre et, quand je la regarde, elle est rouge et poisseuse.

En face de moi, Matthieu se tient immobile, comme stupéfait par ce qu'il vient de faire. Dans sa main se trouve un couteau couvert de sang. Mon sang. Matthieu vient d'user d'une arme blanche contre moi. Il a définitivement pris sa revanche.

Ma vue commence à se brouiller et je tombe à la renverse. Soudain, je sens une main fraîche se poser sur mon front en sueur.

— Non, non, non, non, non, répète une voix tremblante.

Son autre main est posée sur la mienne au niveau de ma blessure pour enrayer au mieux l'hémorragie.

— S'il te plaît, Tristan, reste avec moi.

Je sens que ma main glisse sous la sienne, que mon corps se fait lourd et que je suis comme emporté par un malaise. J'essaye de garder les yeux ouverts, mais j'ai de plus en plus de mal à résister.

— Les secours arrivent. Ils seront bientôt là. Reste avec moi, insiste Annabeth.

Mais je n'y arrive plus. Et je me laisse emporter en entendant les cris de détresse d'Annabeth.

— Au secours ! Que quelqu'un m'aide ! hurle-t-elle dans le parc désert.

CHAPITRE 18

SIX ANS PLUS TÔT

En face de moi, Lisa paraît assez nerveuse. Elle commence à mordre les petites peaux sur ses doigts. Et papa, assis à côté de moi, lui répète sans cesse d'arrêter en baissant son journal pour la regarder. Maman, affairée dans la cuisine, lui lance :

— Ne t'inquiète pas, ma puce. Tout est en ordre pour accueillir comme il se doit ton petit ami.

Sans me trouver dans la même pièce qu'elle, je peux sentir qu'elle est surexcitée. Sa fille va enfin lui présenter un garçon. Elle aura attendu d'avoir vingt et un ans pour sauter le pas. Maman prépare cet évènement depuis près d'une semaine déjà.

Je me lève du canapé pour aller lui proposer mon aide quand la sonnette de la porte d'entrée se déclenche. Comme je suis le plus proche, je vais ouvrir.

— Salut, Tristan.

— Bonsoir, coach, je réponds.

C'est assez inhabituel qu'il me rende visite chez moi. Il m'a déposé à plusieurs reprises à la maison parce que personne ne pouvait venir me chercher à la salle de sport. Mais jamais il ne s'est pointé à cette heure-ci. Sur le coup, je me dis qu'il est peut-être arrivé quelque chose au patron de la salle.

— Je peux entrer ? demande-t-il.

Je me décale de la porte pour le laisser passer et je referme derrière lui. Papa s'est levé et s'avance vers nous, aussi surpris que moi par la présence de mon coach de boxe.

— On peut vous aider, Matthieu ? l'interroge-t-il. Il y a un souci ?

Maman s'approche à son tour et pose sa main sur le dos de papa. Elle fait souvent cela en geste d'affection ou quand elle sent qu'il est énervé. Elle sait parfaitement comment il fonctionne.

— Il n'y a aucun problème, intervient Lisa en marchant vers nous.

Elle glisse sa main dans celle de Matthieu et ils échangent un regard plein de tendresse.

— Matthieu est notre invité de ce soir, déclare-t-elle avec un sourire timide.

Maintenant, je comprends mieux pourquoi elle était autant stressée de nous le présenter. Personne ne s'attendait à ce que le garçon qu'elle fréquente depuis un an soit mon entraîneur de boxe et ait cinq ans de plus qu'elle. Même si ce n'est pas ce qu'il y a de plus surprenant.

Je jette un coup d'œil aux parents. Maman, comme à son habitude, est toute souriante. Elle ne porte jamais de jugement hâtif. Papa, lui, semble un peu plus perplexe. Mais Lisa n'a pas le temps de s'en apercevoir parce que Matthieu se penche vers elle pour l'embrasser.

Soudain, je sens mes poumons prendre une grande inspiration. J'ai l'impression que mes oreilles se sont comme débouchées et je peux enfin entendre les voix autour de moi. La première que je veux entendre et voir, c'est Annabeth. Mais pour l'instant, quand j'ouvre les yeux, je suis ébloui par une lumière blanche.

— Tristan, vous m'entendez ? me demande une voix d'homme que je ne connais pas.

J'essaye de me redresser un peu, mais des mains sur mes épaules me plaquent sur le brancard. Je ne fais preuve d'aucune résistance mais je tente quand même de tourner la tête de gauche à droite pour voir si je peux apercevoir Annabeth.

— Annabeth, j'essaye de murmurer.

Mais presque aucun son ne sort de ma bouche et personne ne me répond. Je laisse ma tête retomber.

— Écoute-moi, Tristan, me chuchote doucement une voix près de mon oreille. Est-ce que tu te rappelles ce qui vient de se passer ? me demande-t-elle.

Je hoche la tête, ne pouvant rien dire.

— Très bien. Alors, ton amie nous a appelés et nous avons pu intervenir au plus vite.

Je comprends qu'elle veut parler d'Annabeth. Et je la remercie en silence d'avoir gardé la tête froide comme je le voulais si la situation tournait mal.

— Nous sommes parvenus à arrêter le saignement, continue-t-elle. Les médecins ont vérifié qu'aucun organe vital n'avait été touché. Et, sur ce coup-là, tu as encore eu beaucoup de chance. Maintenant, ils sont en train de recoudre la plaie.

Quand elle me dit ça, je réalise que je sens des petits picotements très légers au niveau du bas-ventre. Je me reconcentre sur la voix de l'infirmière pour ne plus y penser.

— Ça ne va plus prendre longtemps. C'est l'histoire d'une ou deux minutes. Ensuite, on te laissera te reposer. Et je me chargerai personnellement de veiller sur toi pendant le reste de la nuit. Tu t'en sors très bien, mon grand.

Quand elle prononce cette dernière phrase, j'ai l'impression d'entendre ma mère. Je ferme les yeux et j'imagine sa présence à côté de moi, qui me soutient comme elle l'a toujours fait dans les mauvais moments.

TROIS ANS PLUS TÔT

Ne supportant plus de rester enfermé dans cette maison depuis la mort de maman, je sors courir. Les écouteurs sur les oreilles, la musique me brise les tympans mais je m'en fiche. Ça me remplit la tête d'autre chose que de mes pensées.

En revenant, je remarque que Lisa est rentrée de sa soirée d'hier. Elle avait rendez-vous avec un vieil ami, à ce qu'il paraît. Je m'avance vers l'embrasure de la porte du salon. Elle s'est assise sur le canapé et s'est emmitouflée dans un plaid. Maman aussi aimait beaucoup faire ça à l'approche de l'hiver. Dans ces moments-là, papa comprenait qu'il était temps pour lui d'allumer un feu dans la cheminée.

Lisa semble tellement concentrée sur l'écran de son ordinateur que j'ai l'impression qu'elle ne m'entend même pas approcher. Même si je regrette qu'elle soit déjà retombée la tête la première dans le travail, je ne m'attarde pas pour la laisser vaquer à ses occupations.

Je lui en veux encore de ne pas avoir été plus présente quand maman allait mal. Je sais que partir à New York était une opportunité en or pour elle. Mais, ici, maman avait besoin de sa fille. Et j'avais besoin de ma sœur pour ne pas avoir à subir cette épreuve tout seul avec papa.

Je quitte le salon et monte prendre une douche. Débarrassé de cette sensation de peau collante de sueur, je redescends dans la cuisine pour me faire à manger. C'est devenu chacun pour soi maintenant, les repas. Rassasié, je me rends au salon pour regarder la télé. Je m'affale dans le canapé à côté de Lisa. Pendant un moment, je zappe, cherchant quelque chose d'intéressant, ignorant la présence de ma sœur. Je lui jette un coup d'œil, surpris qu'elle ne me fasse pas de réflexion sur mes devoirs que je n'ai pas encore faits. C'est là que je remarque comme un coup de griffe sur sa joue gauche. Elle a dû se faire mal toute seule en dormant. De toute façon, je n'ai pas le temps de lui dire quoi que ce soit parce qu'elle se lève au même moment pour quitter la pièce.

Le lendemain, en revenant du lycée, je monte chercher mon sac de sport pour me rendre à mon entraînement. En descendant je trouve à nouveau Lisa installée dans le canapé. Cette fois le plaid ne recouvre pas son corps et j'aperçois un suçon dans son cou. Elle m'avait prévenu la veille de l'enterrement de maman qu'elle avait quitté Matthieu, avec qui elle avait commencé à sortir il y a déjà quatre ans.

Je m'approche et me poste devant elle. Elle ne réagit pas à ma présence et ça commence à m'inquiéter.

— Lisa, je l'interpelle à plusieurs reprises.

Aucune réponse de sa part. J'essaye de plonger mon regard dans le sien mais j'ai l'impression qu'elle ne me voit vraiment pas.

— Lisa, je hurle en la secouant par les épaules.

Enfin elle semble m'apercevoir. Elle lève la tête vers moi et je vois clairement ses yeux se remplir de larmes et son corps commencer à trembler entre mes mains.

— Qu'est-ce qui se passe, Lisa ?

— Matthieu, réussit-elle à murmurer.

— Quoi, Matthieu ?

C'est en voyant les larmes couler sur sa joue griffée que je comprends brusquement.

— Pa…

Je m'apprête à appeler papa, mais elle plaque sa main sur ma bouche. Je suis pris de court par sa réaction soudaine. Elle me fait non de la tête pour me signifier que je ne dois pas lui en parler. Mais, si elle croit que je vais le laisser s'en sortir, elle se trompe. Personne ne touche à ma sœur. Je retire sa main de ma bouche et sors en courant de la maison.

J'arrive à la salle de sport. Je vais me changer dans les vestiaires et reviens dans la salle. Matthieu est occupé à parler avec Manuel, dont il est aussi l'entraîneur. Je commence à m'échauffer dans mon coin pour ne pas éveiller les soupçons.

— Alors, Tristan. On travaille quoi, aujourd'hui ? Cardio ? me demande-t-il en s'approchant de moi.

— Je préférerais bosser sur la stratégie de jeu en situation de combat, je réponds.

— Pas de souci. Manuel, enfile tes gants.

— Non. Contre vous, coach.

Au début, il paraît surpris. On ne combat pas très souvent coach contre élève. Mais il est d'accord. Il enfile ses gants et me rejoint sur le ring. Avant de commencer, je croise le regard de Manuel, qui a l'air de comprendre que quelque chose ne va pas.

Matthieu et moi sautillons d'un pied sur l'autre d'avant en arrière, attendant le premier coup. Comme c'est moi l'élève, c'est à moi de lancer les hostilités. Et c'est ce que je fais. Je lui envoie un direct dans le ventre. Matthieu ne réagit pas vraiment. Il se demande à quoi je suis en train de jouer. Et je profite de son étourdissement pour prendre l'avantage. Je le rue de coups en parant ses attaques. Ma droite puissante lui ouvre l'arcade, qui se met à saigner abondamment.

Un violent coup m'atteint et me coupe la respiration. Soit il se défend, soit il a compris pourquoi je fais ça. Et, vu le regard qu'il pose sur moi, il sait que je sais ce qu'il a fait à ma sœur. Je me jette sur lui. Je réalise à la perfection toutes les combinaisons de coups qu'il m'a apprises. Mais il arrive à m'éloigner de lui et à prendre l'avantage. J'ai du mal à supporter la violence de ses coups. J'essaye de me sortir de cette impasse. J'arrive à donner un dernier coup.

— Arrête, Tristan, hurle Manuel en tentant de nous séparer.

Mais il n'y parvient pas tout seul et c'est presque toutes les personnes présentes qui sont obligées d'intervenir pour nous séparer. Manuel me pousse dans les vestiaires et continue de me hurler dessus :

— Bon sang, mais qu'est-ce qui te prend, Tristan ?

J'essaye de le pousser pour retourner envoyer au tapis ce type que j'admirais, ce type qui rendait Lisa heureuse.

— Il a frappé ma sœur.

CHAPITRE 19

Le réveil est des plus brutaux. Je n'entendais plus rien. Je ne voyais plus rien. Et j'ouvre les yeux. D'un seul coup. Je les referme aussitôt à cause de la lumière qui m'éblouit. Je ne prends même pas la peine de regarder où je me trouve.

J'essaye de me rappeler ce qui s'est passé, ce qui a pu se passer après que j'ai fermé les yeux dans le parc aux côtés d'Annabeth. Je me souviens de cette douleur atroce que j'ai ressentie. Sur le moment, je n'ai plus ressenti que ça. J'en ai oublié la colère qui m'emportait trente secondes plus tôt, qui me faisait me déchaîner sur Matthieu.

Maintenant, la douleur est tout autre. Ça ne fait plus aussi mal. Ça ressemble plus à un picotement incessant. Et la colère, elle, est toujours présente. Comme ancrée en moi. Je n'ai pas d'autre choix que de vivre avec.

Lentement, je rouvre les yeux et leur laisse le temps de s'habituer à la lumière éclatante. Je me retrouve à fixer le plafond d'une chambre. Mais ce n'est ni la mienne ni celle d'Annabeth. Tout est blanc autour de moi. Des machines sont installées d'un côté du lit. À droite il y a un siège et, dedans, il y a Manuel qui dort. On n'est que tous les deux dans la pièce. Je ne vois aucune trace de ma sœur ou de mon père, ni même d'Annabeth.

Manuel bouge dans son sommeil et manque de se ramasser par terre. Il se réveille d'un coup pour se rattraper à temps. Il secoue la tête et se frotte le visage avec les mains sans remarquer que moi aussi je suis réveillé. Quand il s'aperçoit que je le fixe, un juron lui échappe. Il tente de se jeter dans mes bras comme il peut sans s'emmêler dans les fils auxquels je suis relié. Il se recule pour se rasseoir et je vois bien qu'il se retient de pleurer, mais je ne lui fais aucune réflexion. J'aurais été aussi bouleversé si les rôles avaient été inversés. Je lui souris et il se met à rire.

— Putain. La trouille que tu nous as faite, mon pote, ricane-t-il.

— Excuse, je réussis à dire.

Il m'explique que quand les secours m'ont trouvé j'étais en plein malaise. Ils m'ont emmené à l'hôpital, j'avais déjà perdu pas mal de sang. Heureusement, dans l'ambulance ils ont réussi à contenir l'hémorragie. En arrivant ici, ils ont voulu vérifier que le coup de couteau n'avait endommagé aucun organe. Ils m'ont recousu et m'ont soigné le nez. Pendant tout ce temps, je n'ai fait que dormir. Je n'en reviens pas moi-même.

— Est-ce que quelqu'un est venu me voir – en dehors de toi, évidemment ? je lui demande.

— Lucas et Paulo sont passés il y a une heure. Je leur ai dit que je les tiendrais au courant de ton état. Et ta sœur est rentrée de Paris dans la nuit. Là, elle est descendue à la cafétéria se prendre un café.

— Mon père ?

— Il est venu dès qu'il a su hier soir. Mais je ne l'ai pas vu depuis que je suis arrivé ce matin.

— Et Annabeth ? j'ose demander.

Je ne suis pas sûr de vouloir connaître la réponse. Je crains de l'avoir fait fuir. Et entendre qu'elle n'est pas venue ne ferait que renforcer cette idée. Manuel semble hésiter.

— Apparemment, elle était avec toi dans l'ambulance quand tu es arrivé ici. Mais personne ne l'a revue depuis. Je pense qu'elle est rentrée chez elle pour se remettre du choc.

Évidemment, je suis déçu. Et, en même temps, j'espère qu'elle va bien. Notre bagarre n'a pas dû être simple à regarder et à comprendre de son point de vue.

— Ouais. Je comprends. En tout cas, je suis content que tu sois là, toi.

La grimace sur son visage laisse place à un sourire.

Quelqu'un frappe à la porte et fait irruption dans la chambre sans attendre de réponse. L'infirmière commence par se présenter avant de m'expliquer en détail ce que les médecins m'ont fait. Manuel l'interrompt pour me prévenir qu'il va chercher ma sœur.

L'infirmière continue son petit discours tout en s'affairant pour prendre ma tension. Je ne l'écoute que d'une oreille, plus préoccupé par la façon dont je vais expliquer à ma sœur ce que je fais là. Matthieu s'étant barré en courant du parc, je ne pense pas que qui que ce soit ait pu la prévenir de ma malheureuse rencontre avec son ex-petit ami.

— Aïe, je lâche quand l'infirmière pose ses doigts autour de ma cicatrice.

— Ça fait mal quand j'appuie ? a-t-elle l'audace de m'interroger.

Quelle question stupide. J'aime me plaindre pour rien.

— Oui, je lui réponds, exaspéré.

— C'est normal, ça tire sur les points. Rien de bien méchant.

Elle finit par me laisser tranquille et par quitter la pièce. Je ferme les yeux et prends une grande inspiration pour calmer la douleur qui me lance maintenant qu'elle a touché ma blessure.

J'entends quelqu'un entrer dans la chambre. La personne referme doucement la porte derrière elle avant de s'avancer du côté que l'infirmière vient de libérer. Des doigts fins se mêlent aux miens. Je remarque dans l'instant que ce ne sont pas ceux d'Annabeth. C'est Lisa. J'hésite à ouvrir les yeux et à affronter son regard.

Quand je me décide à le faire, je trouve Lisa debout, sa main dans la mienne. Je revois ce même visage fatigué et rougi par les larmes que le jour de l'enterrement de maman. Son ton est empli à la fois d'inquiétude et de soulagement.

— Ta copine a dit à papa que c'était un certain Matthieu qui t'avait fait ça. Tu n'avais quand même pas besoin de jouer au super-héros devant ta petite amie.

— Ce n'est pas ma petite amie, dis-je en haussant le ton pour qu'on soit clairs. C'est lui qui a surgi en plein milieu de mon chemin avec la ferme intention de se battre avec moi. Je n'ai fait que me défendre. Et te défendre, toi, par la même occasion.

— Tu aurais dû être plus prudent, proteste-t-elle.

— Comment voulais-tu que je me doute un seul instant que ce type allait débarquer avec un couteau dans la poche ? je m'énerve.

Lisa baisse le regard, visiblement blessée.

Quelques secondes passent dans un silence froid, auquel on s'est tous les deux habitués au fil des ans.

— Je suis désolée. J'ai eu tellement peur. Mets-toi à ma place. Après ce que j'ai vécu avec lui, j'ai eu peur qu'il ne te fasse du mal. Je ne veux surtout pas que tu souffres à cause de ce qu'il m'a fait, Tristan. Cette histoire reste entre lui et moi. Elle ne te concerne pas, déclare-t-elle toujours sans me regarder, au bord des larmes.

— C'est trop tard pour se demander si je dois m'impliquer là-dedans ou pas.

Enfin, elle m'accorde de nouveau un regard et une larme coule sur sa joue. J'hésite à la lui essuyer du revers de la main. Pour certaines fratries, c'est un geste insignifiant. Pour nous, il est lourd de sens et je ne suis pas sûr d'être prêt à franchir ce pas. C'est déjà énorme que je n'aie pas retiré ma main de la sienne. Elle sèche sa larme toute seule.

Je reporte mon attention sur la fenêtre pour lui laisser le temps de se reprendre.

— Papa s'est rendu à la police pour porter plainte, annonce-t-elle.

— Je suis majeur, j'aurais pu m'en occuper tout seul.

— C'est mieux qu'il s'en charge lui-même.

— Ouais. Comme ça il peut encore plus me faire passer pour un incapable, je proteste. Il devrait se soucier de mon état plutôt que de se précipiter chez les flics. Il n'a rien à leur dire. Il n'était même pas là quand ça s'est passé, j'éclate.

Papa pense toujours qu'il peut tout faire à ma place. J'ai l'impression que pour lui je me contente d'être un type qui ne sait que se battre. En vérité, ce que je suis incapable de faire, c'est lui prouver le contraire. Parce qu'il ne m'en laisse jamais la chance. J'aurais pu me charger d'aller porter plainte, seul, en sortant d'ici. Mais une fois de plus il a pris les devants.

La situation m'agace tellement que je lui crie presque dessus pour qu'elle quitte cette chambre. Elle obtempère sans rien ajouter. Plus je m'énerve et plus j'ai l'impression que le couteau de Matthieu se plante à nouveau dans mon abdomen. Il va vraiment falloir que j'arrive à me contrôler si je dois souffrir comme ça chaque fois que je m'emporte. Je ferme les yeux pour essayer de dormir un peu.

Des voix me réveillent. Je perçois la voix d'une fille et on dirait que c'est celle de Manu qui lui demande de faire moins de bruit. Pas encore tout à fait réveillé, j'ouvre les yeux. Amanda a pris la place de Manuel sur le siège à côté de mon lit. Elle ne cesse de faire glisser sa main tout le long de mon avant-bras. En face de moi, je retrouve mes trois potes sagement alignés contre le mur.

Manuel semble plus énervé que quand on s'est vus ce matin. La présence d'Amanda ici l'agace puisqu'il sait qu'hier soir j'étais en rendez-vous avec Annabeth et que c'est elle que j'ai demandé à voir en me réveillant. Ce qu'il ignore, c'est qu'Amanda ne sait rien de tout ça.

— Hé, mec ! C'est pas trop tôt, espèce de marmotte, ironise Lucas en remarquant mon réveil.

Amanda se tourne vers moi. Elle est toute souriante et pomponnée. Le contraste est flagrant entre elle et le visage de ma sœur quelques heures plus tôt. Elle se penche vers moi pour m'embrasser et je ne la repousse pas. J'ai besoin d'un minimum d'affection, même si je dois m'avouer que je préfère quand c'est Annabeth qui m'embrasse.

Elle se recule et je peux voir Manuel en train de foutre son doigt dans sa bouche comme s'il voulait se faire vomir tellement il trouve cette situation pitoyable.

Lucas raconte comment leur petite soirée FIFA s'est terminée à l'hôpital pour se tenir au courant de mon état.

— Qui vous a prévenus, au juste ? je leur demande.

— Ton père, répond Paul du tac au tac.

— Ta petite copine, le coupe Manu d'un air de défi.

— Euh. Non. Je n'étais même pas au courant avant ce matin, le reprend Amanda.

— Peut-être que je voulais parler de sa vraie petite copine et pas de son plan cul, continue-t-il.

Mon meilleur ami est en train de me foutre dans la merde. J'ai l'impression qu'il use une nouvelle fois de son espèce de méthode pour m'obliger à rompre avec Amanda. Et ça va marcher, comme d'habitude.

À ce moment-là, mon plateau-repas m'est servi. Tous se foutent de la gueule de mon plat principal. Une tranche de jambon qui couronne une purée chimique pire que celle du lycée, c'est dire. Au passage, l'infirmière les informe que les visites sont terminées pour les personnes extérieures à la famille. Les gars quittent la chambre et Amanda s'apprête à les suivre, mais je la retiens par le poignet.

— Il faut qu'on parle, je déclare.

Elle se rassoit.

— Ce mec est vraiment un imbécile, commente-t-elle.

— Ce mec est mon meilleur ami, alors ton avis je m'en fiche, je lui notifie.

— Je dis ça comme ça. Pas la peine de s'énerver, tente-t-elle de se rattraper.

— Ce n'est pas de ça que je veux qu'on parle.

— Tu veux parler de quoi ? demande-t-elle, soudain inquiète.

— De nous.

— Pourquoi de nous ?

— J'en ai marre. Je n'en peux plus, j'avoue.

— Je ne comprends pas. Tu n'en peux plus de quoi, Tristan ?

— Nous deux. Ça ! je commence à m'emporter en faisant de grands gestes entre nous deux. Ça ne rime à rien. On couche ensemble sans avoir de réels sentiments l'un pour l'autre.

— Mais je t'aime, moi, se plaint-elle.

— Eh bien pas moi.

— Ce n'est pas toi qui parles, Tristan. Tu viens de subir un choc et tu n'es plus toi-même.

— Arrête. Je sais parfaitement ce que je dis.

— Je reviendrai demain et on en reparlera, continue-t-elle, comme si elle ne m'avait pas entendu.

— Ça ne servira à rien. Ne reviens pas.

— On n'en a pas fini, Tristan, m'annonce-t-elle, se retournant devant la porte pour me pointer du doigt.

Je ne riposte pas plus pour ne pas m'énerver et raviver la douleur au passage. De toute façon, la discussion était à la hauteur de mes espérances. Elle refuse de voir la réalité en face et préfère nier tout en bloc. Mais au moins je me sens libéré d'un poids. Surtout vis-à-vis d'Annabeth.

Derrière la fenêtre, la nuit commence à tomber. L'infirmière qui est venue chercher mon plateau-repas, auquel je n'ai presque pas touché, m'a demandé si je voulais qu'elle ferme le volet roulant. Mais j'ai refusé. J'ai besoin de penser à ma mère en regardant le ciel. Parce que aujourd'hui je me retrouve dans un lit d'hôpital comme elle trois ans auparavant. Seulement, moi je suis encore vivant. Alors qu'elle, la maladie a fini par l'emporter.

Sur ma table de chevet, mon téléphone vibre pour m'annoncer que je n'ai presque plus de batterie. Je l'attrape et vérifie que je n'ai pas reçu de coup de fil ou de message d'Annabeth. Je n'en ai pas et je ne peux m'empêcher d'être déçu. Dans la situation où nous nous sommes quittés, j'aurais vraiment voulu la revoir ou au moins lui parler.

J'espérais qu'en apprenant que je m'étais réveillé elle aurait, elle aussi, voulu qu'on discute d'hier. En réfléchissant, je me dis qu'elle n'est peut-être pas au courant. Je devrais l'appeler pour en être sûr. Je compose son numéro et l'appelle. Le téléphone près de l'oreille, j'attends qu'elle décroche. Pas de réponse. Je tombe sur la boîte vocale. Je raccroche sans laisser de message.

CHAPITRE 20

TROIS ANS PLUS TÔT

Je ne suis pas un habitué des hôpitaux, contrairement à ce qu'on pourrait penser vu que je fais de la boxe. Mais en y réfléchissant bien, à force de venir presque tous les jours depuis quelque temps, je vais commencer à faire partie des meubles.

Je traverse le hall, passe devant les ascenseurs et tourne à droite vers l'escalier. Je préfère monter les six étages avec mes jambes. C'est fatigant, mais ça me permet de me vider la tête avant d'aller la voir. Les médecins nous ont prévenus que son état n'allait pas s'améliorer et que les choses empireraient de jour en jour. Malheureusement, on ne peut que constater l'évolution de la maladie sur son physique.

Je longe le couloir jusqu'à sa chambre. J'essaye de venir à des horaires où papa n'est pas là. Comme ça on peut se retrouver tous les deux. Une mère et son fils. J'entre dans la chambre. Au premier abord elle semble vide. Il n'y a aucun bruit en dehors du sifflement qu'elle fait en respirant. C'est difficile d'entendre à quel point respirer lui est douloureux. Et quand ce bruit s'arrêtera, ce sera la fin. C'est ce qui va finir par arriver, on le sait tous. Mais ce n'est pas facile d'accepter de perdre sa maman à quinze ans. Il y a tellement de moments que je voudrais pouvoir vivre à ses côtés, comme fêter mon bac, lui présenter ma petite copine, et j'aimerais que mes enfants puissent avoir une grand-mère aussi exceptionnelle que la mère qu'elle a été pour moi.

Aujourd'hui, toutes ces pensées je les garde pour moi. Je préfère ne pas lui en parler parce que je sais que, même si elle ne le montre pas, elle est dévastée à l'idée de ne pas nous voir accomplir notre vie d'adultes. Ce n'est pas évident de renoncer au monde des vivants en laissant derrière soi des enfants qui ont encore besoin de leur mère.

Je m'assois sur la chaise et j'attends qu'elle se réveille. Je ne cherche pas à la réveiller. Elle est très faible et elle a besoin de se reposer un maximum rien que pour que l'on puisse échanger quelques mots.

Au bout d'une demi-heure, je me lève et je m'approche de la fenêtre pour admirer la vue. L'hôpital surplombe la ville.

— Ça fait longtemps que tu es là ? demande maman d'une voix presque inaudible.

Je retourne m'asseoir près d'elle.

— Non. Je viens d'arriver, je mens.

Je ne veux pas qu'elle se rende compte à quel point elle dort longtemps. Je ne veux pas qu'elle culpabilise de m'avoir fait attendre. Elle jette un coup d'œil à ma montre accrochée à mon poignet et m'interroge du regard.

— Tu ne devrais pas être à l'école, toi ?

— C'est pas important.

— Je sais que ce n'est pas ta tasse de thé. Et que tu ne veux pas finir enfermé dans un bureau comme ton père, commence-t-elle lentement. Mais tu dois réussir ton bac. Tu dois te battre pour y arriver. C'est comme un match de boxe. À la fin…

— … c'est toi qui gagnes, finis-je à sa place.

Maman me répète cette phrase avant chacun de mes matchs. Mais, quand elle ne sera plus là, il n'y aura plus personne pour me la dire, plus personne pour venir m'encourager. Je serai seul.

Maman m'offre son plus beau sourire, mais je vois bien que même ça, ça lui demande beaucoup d'énergie. Je prends sa main entre les miennes pour lui transmettre un peu de ma chaleur et je lui souris en retour.

— Merci. Merci, maman, pour m'avoir encouragé si souvent.

— Non, mon grand. C'est à moi de te remercier. Tu m'as beaucoup apporté dans ma vie. Tu es un fils adorable. Je n'aurais pas pu rêver mieux. Tu es bourré de qualités. Tu as une âme de battant. Tu as de grandes capacités pour faire en sorte que les gens t'apprécient ou pas quand c'est nécessaire.

Je baisse la tête, gêné. Mais elle la relève du bout des doigts.

— Les choses ne vont pas être faciles, Tristan. Mais je sais, en tant que mère, que tu sauras trouver en toi le chemin vers la sortie.

Les larmes coulent autant sur ses joues que sur les miennes. Et c'est cette image d'une mère aimante et dévouée à ses enfants que je garderai toute ma vie.

J'en ai ma claque, de cet hôpital. Je ne supporte pas de rester enfermé entre quatre murs. J'ai besoin de marcher, de boxer, de me bouger. Heureusement, les gars me rendent visite dès qu'ils peuvent. Lisa vient tous les jours. À croire qu'elle passe son temps dans cet hôpital. Papa est passé me voir une fois. Après m'avoir demandé comment j'allais, il a tourné son discours en une leçon de morale parce que monsieur m'avait prévenu de faire attention et m'avait ordonné de ne pas me battre avec Matthieu. J'ai essayé de lui faire comprendre que c'était lui qui m'avait frappé le premier, mais il n'a rien voulu entendre. Il croit toujours que la justice va se retourner contre moi. Il a peur pour moi, je le conçois. Mais il oublie que dans cette bagarre la victime c'est moi.

Trois jours qu'ils me gardent en observation. Je n'en vois pas l'intérêt. Et, si ça continue, je sens que je vais exploser contre quelqu'un, que ce soit ma sœur ou les médecins. Je me sens beaucoup mieux. Je n'ai plus cette sensation que le couteau s'enfonce encore et encore dans mon estomac.

Je sors de mon lit et j'enfile mon jogging. Ils ne peuvent pas m'obliger à rester couché. Je ne suis pas mourant. Avec le peu d'espace qu'il y a dans la chambre, j'essaye de m'étirer comme je peux. Je fais quelques squats et quelques séries de pompes. Je ne ressens aucune gêne ni douleur au niveau de ma cicatrice. Par le seul jeu de ces petits efforts physiques, ma tête commence à se vider de toutes mes pensées. Mon attention se focalise sur l'énergie que je déploie dans mon effort.

Un cri de surprise me ramène à la réalité. Lisa, postée devant la porte, me fixe, la main sur la bouche.

— Tristan ? Mais qu'est-ce que tu fais ?

— Rien, je réponds en cessant immédiatement mes mouvements.

Elle me fusille du regard. Instantanément, j'ouvre les bras en grand en signe d'innocence. Lisa commence son sermon, comme quoi je viens de subir une opération et je ne suis pas encore autorisé à pratiquer un sport physique. J'ai l'impression qu'elle parle en boucle. Depuis le début de mon hospitalisation, j'entends constamment ces mots sortir de sa bouche. J'essaye de lui dire que mon tee-shirt n'est même pas encore humide. Mais elle ne veut rien entendre. Une infirmière, inquiète de nous entendre nous engueuler, entre dans la chambre.

— Est-ce que tout va bien ? nous interroge-t-elle.

— Oui, je m'empresse de répondre avant ma sœur.

— Est-ce que mon frère pourrait voir le médecin pour qu'il puisse lui expliquer ce qu'il a le droit de faire et ce qui lui est interdit, s'il vous plaît ?

— Quand est-ce que je peux me casser d'ici, déjà ? je la coupe.

L'infirmière nous regarde tour à tour, quelque peu décontenancée par la scène qui se déroule sous ses yeux. Après un petit instant, elle reprend ses esprits et nous demande à tous les deux de nous calmer et de nous asseoir. Lisa obtempère. Tandis que je campe sur mes positions et reste debout. Elle désespère très vite.

— Je vais vous chercher le docteur, nous informe-t-elle.

Je tourne la tête vers la fenêtre pour ne pas avoir à regarder Lisa, même si je sais que ses yeux sont posés sur moi. Je déteste quand elle cherche à jouer le rôle de la maman protectrice avec moi. On n'a plus de mère, et ce n'est pas elle qui va la remplacer soudainement parce que je me retrouve à l'hôpital à cause de son ex-petit ami.

Quelques minutes plus tard, un homme fait irruption dans la pièce. Il est vêtu de la traditionnelle blouse blanche et paraît assez jeune, avec des cheveux blonds courts comme chez les soldats et des petites lunettes presque rondes qui lui donnent un air intelligent. Il serre la main de ma sœur. Je rêve ou elle est en train de sourire bêtement ?

Le médecin se tourne vers moi, la main tendue, attendant que je la serre. Comme je n'en fais rien, elle retombe le long de son corps. Il n'en perd pas pour autant son sourire jovial. Il croise les bras et sa blouse rétrécit, ce qui fait ressortir ses muscles. Je jette un coup d'œil à Lisa, qui est littéralement en train de le dévorer des yeux. À s'en baver dessus. J'engage la conversation avant qu'un silence étrange ne s'installe :

— Quand est-ce que vous allez me laisser sortir ?

— Tu ne te plais pas parmi nous ? ironise-t-il.

J'entends le petit rire crétin de ma sœur et je la dévisage. Le médecin sort son plus beau sourire à son intention. Mais qu'est-ce qu'ils sont en train de me faire ?

Il redevient sérieux et prend la parole :

— Tristan, j'ai longuement discuté avec ta sœur. J'ai une bonne nouvelle et une autre qui, je pense, te plaira moins. Je vais tout t'expliquer, ensuite j'examinerai ta cicatrice, puis si tous les papiers sont en ordre tu pourras sortir.

Je soupire de soulagement. Enfin une porte de sortie.

— Parlons des conditions, tu veux bien.

Lisa vient s'asseoir sur le siège à côté de moi et pose sa main sur mon avant-bras pour m'inciter à m'asseoir également. Pour une fois, je lui obéis.

— Mettons les choses au clair, Tristan. Tu as reçu un coup de couteau dans l'abdomen. Heureusement pour toi, le coup n'a touché aucun organe vital. La cicatrisation a pu se faire rapidement. Tout s'est bien passé. Tu sembles avoir déjà repris des forces, et c'est une bonne chose. Tu vas pouvoir retourner au lycée au plus vite.

Ma sœur se met à ricaner. Elle se fiche de moi ou quoi ?

— En revanche, pas de sport, pas de boxe.

— Je viens d'en faire et je n'ai pas eu mal du tout, je proteste.

— Si le médecin te dit pas de boxe, Tristan, c'est pas de boxe, intervient ma sœur.

Je me retiens de lui répondre pour ne pas faire mauvaise impression devant le chirurgien, qui reprend :

— Ce n'est que pour un temps, ne t'inquiète pas. Dans une semaine, quinze jours tout au plus, ce sera bon. Il faut qu'on vérifie que la cicatrice tient quand tu es en mouvement toute une journée avant de subir des coups incontrôlés.

Je hoche la tête. Il sourit à nouveau, pas peu fier de sa petite prestation. Il me demande de me rallonger et commence son examen. Il retire le pansement sur mon ventre et, après avoir vérifié la cicatrice, il en refait un. Il est satisfait. Je peux partir d'ici.

Avant de sortir de la chambre, le médecin me tend à nouveau la main et cette fois je la serre. Ma sœur s'apprête à lui tendre la main mais il s'approche d'elle et lui fait la bise. Je détourne les yeux. Ma sœur draguait mon chirurgien et maintenant c'est lui qui prend les devants.

Je commence à ranger mes affaires dans mon sac pendant que Lisa rêvasse en regardant par la fenêtre. Quand je lui annonce que je suis prêt, elle sursaute comme si elle était vraiment perdue dans ses pensées. Toute souriante, elle s'accroche à mon bras. Je ne la repousse pas.

On sort de ce fichu hôpital et on monte dans sa petite voiture de célibataire. À la maison, à peine ai-je ouvert la porte d'entrée que Lisa se précipite dans la cuisine pour consulter ses mails sur son ordi. J'entends papa en pleine conversation téléphonique dans son bureau. J'aurais dû me douter que rien ne changerait en mon absence.

Je monte dans ma chambre. Je balance mon sac par terre et m'affale sur mon bon vieux lit. Je sors mon portable de ma poche et le consulte. Toujours aucune nouvelle d'Annabeth. Je compose son numéro et l'appelle. Comme lors de ma première tentative, je tombe sur sa messagerie. Je n'arrive pas à comprendre pourquoi elle semble m'éviter.

Je descends dans ma salle de sport. Je sais que je n'ai pas droit à l'exercice physique, mais le simple fait de me trouver ici me fait du bien, m'apaise.

— Enfin libre, mec !

Je me retourne et trouve Manuel posté devant la porte. Je le serre dans mes bras, trop content de le revoir.

— Soirée improvisée chez Lucas pour fêter ton retour.

— Je suis partant.

Je monte enfiler un tee-shirt propre et redescends sortir ma bécane du garage. On arrive chez Lucas. Un petit tas de gens est déjà réuni devant la maison. Quand on remonte l'allée jusqu'à la porte d'entrée, plusieurs filles me dévisagent. Je sais que ma bagarre est sur toutes les lèvres. Et, de toute manière, j'en porte encore les séquelles sur le visage. Je les ignore complètement. Ils peuvent dire ce qu'ils veulent, alimenter ma réputation si ça leur chante, ils ne connaissent rien de l'histoire. On entre dans la maison et on est accueillis par Lucas. On me tend un verre, mais aujourd'hui je préfère refuser.

L'ambiance de la fête va crescendo. Le son de la musique est à son max. L'odeur de l'alcool et de la cigarette envahit la pièce. Les filles dansent avec les garçons. Tout le monde a l'air de bien s'amuser. Lucas drague une fille et Paul fait de même de son côté tandis qu'avec Manu on s'accorde une pause sur le canapé. Sa petite Valentine s'avance vers nous. Manuel l'attrape par les poignets et l'installe sur ses genoux. J'ai dû rater un épisode entre eux parce qu'il se met à l'embrasser sur la bouche. J'évite de les regarder pour leur laisser le peu d'intimité dont on peut bénificier dans une soirée pareille. Mais, dès que je tourne la tête vers eux et que je vois comment il regarde Valentine, je me rends compte qu'il y a vraiment quelque chose entre eux. Je ne l'ai jamais vu regarder une fille de la sorte. Et ça me fait super plaisir qu'il ait trouvé quelqu'un de bien.

Devant mes yeux, Amanda se trémousse avec un type que je ne connais pas. Elle essaye de me rendre jaloux, mais ça ne marche absolument pas. Je préfère passer mon temps avec Annabeth plutôt que de regarder Amanda danser.

Je sors de la maison et enfourche ma moto. Si Annabeth refuse de me parler, alors j'irai la voir pour qu'elle soit obligée de le faire. Je traverse la ville avant de me garer devant chez elle. Je frappe doucement à la porte pour ne pas réveiller tous ceux qui dorment. Quelqu'un entrebâille le battant et une tête brune qui m'est plus que familière apparaît.

CHAPITRE 21

— Je peux ? je lui demande en pointant du doigt l'intérieur de la maison.

— Attends-moi, j'arrive.

Elle referme la porte. Je suis en train de me dire que je viens peut-être de me faire avoir quand le battant s'ouvre à nouveau sur Annabeth. Elle a mis une couverture sur ses épaules. Elle prend bien soin de fermer la porte derrière elle avant de me regarder, attendant que je prenne la parole le premier.

— Tu ne réponds pas quand j'essaye de t'appeler.

— Mon père m'a privée de téléphone et de sorties, avoue-t-elle.

— C'est pour ça que tu n'es pas venue me voir à l'hôpital ?

— Quelqu'un a prévenu mon père que j'étais à l'hôpital. Il est venu me chercher et, quand il a vu, et d'un, mon œil au beurre noir et, de deux, que j'attendais un garçon… il a tout de suite compris que je lui avais menti sur le programme de ma soirée. Et que ce n'était pas avec mes amies que je sortais.

— Le premier petit copain va devoir s'armer de courage, dis-je en faisant référence à notre discussion de vendredi soir au café.

— C'est plutôt mal parti pour une première fois.

— Qu'est-ce que tu comptes faire ?

— Qu'est-ce que tu me conseilles de faire ? m'interroge-t-elle.

J'ai l'impression de me retrouver face à un dilemme. Je ne vois que deux options. Soit elle n'écoute pas ses parents et on poursuit ce qu'on a commencé lors de notre rendez-vous. Soit elle fait ce qu'ils lui disent et on arrête tout maintenant. Et plus j'y réfléchis, plus le dilemme se retourne contre moi. Est-ce que je suis prêt à me battre pour Annabeth ou est-ce que je ne suis qu'un lâche qui laisse tout tomber à la première difficulté ?

— Tu devrais leur obéir.

Quand je prononce ces mots, je suis incapable de réaliser ce que je viens de dire. Annabeth reste stoïque et silencieuse.

— C'est toi qui vois, déclare-t-elle finalement avant de se retourner pour disparaître dans sa maison.

À cet instant, je n'arrive pas à savoir ce que je ressens. Je suis complètement perdu. Je ne me comprends pas. Pourquoi je ne suis pas capable d'essayer d'aller plus loin avec elle ?

Je fais le chemin inverse et retourne à la fête de Lucas pour tenter d'oublier. À l'intérieur, rien n'a changé. C'est comme si je n'étais pas parti. Manuel est encore dans les bras de sa Valentine. Paulo n'est plus dans les parages. J'erre dans les pièces pour voir si Lucas est par là. Je le retrouve dans l'embrasure de la porte du salon. On se met à discuter et j'essaye vainement d'occulter ce qui vient de se passer avec Annabeth en me concentrant sur ce que me raconte Lucas. Il me fait un récit de la crise qu'a piquée Amanda quand je l'ai laissée tomber à l'hôpital et me raconte comment il a failli défoncer Manuel en apprenant qu'il avait couché avec la meilleure amie de sa sœur, ce qu'il lui avait interdit. Je lui demande pourquoi il ne l'a pas fait et il me répond :

— Tu les as vus ? Je peux rien contre ça.

— Il est vraiment amoureux d'elle, mec.

— C'est bien ça qui m'empêche de lui péter la gueule, ricane-t-il, à moitié dépité.

— Et parce que c'est ton pote, j'ajoute.

— Aussi.

On continue de rire et une jolie rousse s'approche de moi. Lucas me fout un coup de coude.

— Regarde comment elle va rager, ton ex.

Non loin de nous, Amanda dévisage de la tête aux pieds la rousse qui s'apprête à nous accoster. Je lui adresse mon plus beau sourire et vais volontairement à la rencontre de la fille. Arrivé à sa hauteur, je me penche vers son oreille et, tout en posant ma paume sur ses reins, je lui chuchote qu'elle est sublime.

Très entreprenante, elle passe sa main gauche sous mon tee-shirt. Je lui prends son verre pour le finir à sa place avant de le balancer par terre. Je commence à rapprocher ma bouche de la sienne. Sa main droite, désormais libre, caresse mon bras. Je l'embrasse. Sa main gauche se glisse maintenant dans mon dos et je la sens descendre entre mon pantalon et mon caleçon. Je continue de l'embrasser tout en bousculant les gens pour qu'ils nous laissent passer. Elle ouvre une porte, connaissant la maison de mon ami Lucas, et on atterrit dans le bureau, pièce que personne n'utilise. Je referme derrière moi. À peine la porte close, elle se jette sur mon tee-shirt pour m'en débarrasser. Elle se déshabille et ne me laisse même pas le temps de l'admirer. Je la soulève du sol pour l'asseoir sur le bureau. Sa langue ne cesse de faire des allers-retours entre mes lèvres et mon cou. Mais je n'arrive pas à me concentrer. Je n'arrive pas à m'enlever de la tête que le contact de sa peau contre la mienne ne me procure aucune des sensations que j'ai ressenties quand j'ai dansé avec Annabeth ou quand elle m'a embrassé vendredi soir.

— Je ne peux pas, je confesse en reculant. Je suis désolé.

— Quoi ?

— Je suis vraiment désolé.

Je quitte la pièce et sors de la baraque. Je rentre chez moi.

Dans le salon, une lampe est restée allumée. Je m'en approche pour l'éteindre et découvre Lisa allongée sur le canapé. Elle dort. J'attrape sa couverture tombée par terre et je prends bien soin de la reposer sur elle sans la réveiller.

Je commence à monter l'escalier vers ma chambre.

— Tu étais où ?

Et merde. Je préfère quand elle dort. Je me retourne vers Lisa, la couverture sur les épaules comme Annabeth une heure plus tôt. Mais ma sœur semble plutôt inquiète et furieuse en même temps. Au moins, Annabeth a pris soin de garder ses émotions pour elle. Ce qui est peut-être pire finalement.

Je continue de monter les marches parce que je considère que je n'ai pas à me justifier auprès d'elle. Mais elle me rattrape et me tire par le bras.

— Tristan ?

— À une fête, je soupire en espérant qu'une fois qu'elle aura sa réponse je pourrai aller pioncer tranquillement.

— Tu as bu ?

— Non, je réponds, exaspéré d'être fliqué de la sorte.

Je me détache de son emprise et monte me coucher.

Le lendemain matin, devant le lycée, Manuel et Paul discutent près du parking réservé aux motos. Je m'approche d'eux. On commence à se charrier sur la fête de Lucas. Justement, il débarque au même moment et se précipite sur moi.

— Alors, la rousse ?

— Un bon coup d'un soir, je mens pour qu'il ne m'en demande pas plus.

La sonnerie retentit et me délivre de cet interrogatoire. Dans la salle de cours, Annabeth est déjà là. Son regard sur moi n'exprime toujours rien. J'aurais préféré qu'elle m'offre son regard qui tue. J'aurais voulu qu'elle soit en colère après moi. Mais elle ne réagit pas.

La journée passe vite, même si on ne s'adresse plus un mot avec Annabeth.

À la fin des cours, j'aperçois Annabeth discuter avec un mec sur le bas des marches du lycée. Je suis sûr de l'avoir déjà vu. Je m'approche d'eux et passe mon bras autour des épaules de ma brunette.

— Salut, princesse, je lance en l'embrassant sur la joue.

Elle continue de garder les yeux rivés sur le gars. Une totale incompréhension se lit sur le visage de celui-ci. Je le reconnais enfin. Ça remonte à deux mois. C'est le gars à qui elle disait au revoir la première fois que je l'ai vue devant chez elle.

— Tu ne me présentes pas ? je demande à Annabeth.

Elle me dévisage avant de faire des allers-retours des yeux entre moi et le garçon, qui est vraiment interloqué. On se demande en silence qui l'on est l'un et l'autre.

— Tristan, un gars de ma classe. Julien, mon cousin.

Je me sens soulagé. Je me penche vers Annabeth, l'attrape par le menton et dépose un baiser sur ses lèvres cette fois-ci. Le fameux Julien me tend la main. Je la lui serre.

— Ravi de faire ta connaissance, j'ajoute.

Je m'éloigne en direction de Manuel et des autres qui m'appellent. À peine les ai-je rejoints que derrière moi quelqu'un me hèle. Je me retourne et trouve ma brunette qui s'avance vers moi parée de son regard de tueuse.

— Bonne chance, me lance Manuel en me donnant une tape sur l'épaule avant de se tirer.

Annabeth n'est plus qu'à quelques pas de moi. Je l'accueille avec mon plus beau sourire. Mais c'est ma joue qui prend cher avec la gifle dont elle me gratifie.

CHAPITRE 22

— Je peux savoir ce qui te prend ? me hurle-t-elle dessus.

Sa gifle m'a complètement déconnecté.

— Et toi, qu'est-ce que tu fous ? je riposte.

Son audace et son assurance se lisent dans son regard. Je crois ne l'avoir jamais vue si sûre d'elle depuis que je la connais.

— J'en ai marre que tu joues avec moi. Marre. Tu peux comprendre ? Je ne suis pas une de ces filles avec qui tu couches et que tu balances une fois que tu t'es satisfait.

— Je peux en placer une ? je la coupe.

— Non, je n'ai pas fini.

On se défie du regard, et aucun de nous n'est prêt à lâcher. Elle reprend la parole la première :

— Je t'avais prévenu, Tristan. Je voulais bien essayer de te suivre. Et c'est ce que j'ai fait. Mais, hier soir, c'est toi qui as pris la décision de tout arrêter. Alors ne viens pas m'embrasser devant mon cousin sous prétexte que tu veux marquer ton territoire. C'est toi qui as choisi de ne plus vouloir de moi.

Dans le parking autour de nous, quelques lycéens curieux commencent à s'arrêter pour nous dévisager. Ils n'ont que ça à faire, se nourrir de rumeurs.

— Vendredi soir, j'ai cru voir le vrai Tristan. Mais le problème, c'est que tu ne t'es pas encore trouvé toi-même. Tu te caches derrière cette attitude de bad boy pour éviter de t'attacher à quelqu'un. Tu as trop peur d'être qui tu es, peur que les gens ne découvrent que tu n'es pas si méchant que ça au fond.

Je pourrais lui dire qu'elle a raison. Mais qu'est-ce que ça changerait ? J'ai déjà tout foutu en l'air. J'ai l'impression de ne faire que ça avec elle. J'ai les poings qui se crispent en entendant son discours plus que vrai à mon égard. Seulement, je suis incapable de l'admettre.

Ses doigts enserrent mes poignets avant de remonter lentement le long de mes avant-bras. Je ressens tout de suite ce frisson qui me parcourt quand nos peaux sont en contact. C'est tellement agréable.

J'aimerais la toucher, moi aussi. Mais mes mains refusent de bouger. Si je le fais, je serai encore en train de changer d'avis. En même temps, je n'arrive pas à savoir ce que je veux vraiment.

Ses mains s'enroulent autour de mon cou. Elle s'avance et colle son corps au plus près du mien. Je rêve de la serrer dans mes bras. J'ai juste à ouvrir les poings et à la prendre par la taille. Mais je ne peux même plus la regarder. Elle me déconcentre. Je fixe mes yeux sur le béton par-dessus son épaule. Je sens bien qu'elle me scrute mais, pour ma part, je ne peux pas en faire autant.

Ses doigts remontent le long de ma nuque et se mêlent à mes cheveux. J'ai l'impression de ne plus entendre que mon souffle saccadé.

Le temps semble être suspendu. Ses mains redescendent sur ma nuque. Son pouce caresse ma joue un instant. Lentement. Elle penche la tête pour capter mon regard. Je reste silencieux.

— Si c'est vraiment ton choix, Tristan… Alors oublie-moi.

En une seconde, tout s'effondre. Je perds le contact avec elle. Je me retrouve seul, la tête baissée. Je n'ose même pas la regarder rejoindre son cousin.

— Je ne peux pas, je murmure en réponse à ses dernières paroles.

Tout plaisir disparaît avec elle. Cette sérénité qui apaisait ma colère a disparu. Ne me reste que ce désir de sa peau contre la mienne. Et cette rage, toujours la même.

Je lève la tête vers le ciel et soupire un grand coup pour tenter d'évacuer toute cette tension accumulée. Le ciel semble s'être assombri, à l'image de mon ressenti.

J'enfile mon casque, sentant que c'est le moment de prendre la route si je ne veux pas me faire mouiller par la pluie. Je monte sur ma moto et roule en m'éloignant toujours plus d'Annabeth. Je suis à peine sorti du parking du lycée que le déluge s'abat sur moi. Le tonnerre se met même à gronder. Des éclairs jaillissent devant moi et j'essaye de me concentrer sur ma conduite du mieux que je peux.

Je rentre la moto dans le garage et accroche ma veste en cuir qui goutte à un portemanteau. Je retire mes pompes trempées et monte à l'étage pour enlever mon jean qui me colle à la peau. J'ouvre la porte de ma chambre et la referme derrière moi. Je marche jusqu'à ma commode et j'ouvre le deuxième tiroir pour en sortir un jogging.

— Salut, chéri, me surprend une voix féminine.

Je sursaute. Je me retourne et découvre Amanda allongée sur mon lit.

— Rejoins-moi, m'ordonne-t-elle presque.

Je la dévisage. Je soupire. Visiblement, elle n'a pas compris quand je lui ai dit que je ne voulais plus rien avoir à faire avec elle. Annabeth a raison. Je me servais un peu d'Amanda pour satisfaire mes besoins. Et réciproquement. Mais ça ne peut plus durer. On se fait plus de mal qu'autre chose en agissant ainsi.

Elle se lève de mon lit et réduit l'espace entre nous en deux ou trois pas. Elle pose ses mains sur mes joues, puis sur ma nuque. Elle les fait descendre sous mon tee-shirt dans mon dos. Je pose les miennes sur ses hanches et avance en même temps qu'elle recule. Elle s'allonge sur mon lit, mais cette fois je ne la suis pas.

— Qu'est-ce que tu fais ?

— J'arrête.

Elle se remet debout et recommence son petit manège pour m'amadouer.

— Je sais que tu en as envie, me susurre-t-elle à l'oreille.

J'attrape ses coudes et la force à reculer. Elle s'assoit sur le lit, étonnée par mon comportement.

— Je t'ai dit que j'arrêtais, je m'exaspère.

— C'est quoi ton problème, Tristan ? me demande-t-elle.

— C'est toi mon problème, Amanda. Je t'ai déjà dit que c'était fini entre nous.

— Tu n'es vraiment pas possible, rage-t-elle en ramassant son sac par terre. Je suis sûre que c'est à cause de cette petite sainte-nitouche qui te sert de voisine de classe. Appelle-moi quand tu te seras rendu compte qu'avec une vierge comme elle on s'ennuie vite.

— Reparle d'elle encore une fois comme ça et tu auras affaire à moi, je la préviens.

Elle ne fait aucun commentaire et se dirige vers la porte. Alors qu'elle pose sa main sur la poignée, je m'adresse une dernière fois à elle :

— Toi aussi tu peux te trouver quelqu'un de bien, Amanda. Et changer.

— Si seulement c'était aussi simple. Mais il ne suffit pas de le pouvoir, Tristan. Il faut avant tout le vouloir, ajoute-t-elle avant de partir.

CHAPITRE 23

Alors que je suis allongé sur mon lit, les bras croisés sous la tête, quelqu'un frappe à ma porte.

— Ouais.

Lisa entrouvre la porte. Je me redresse pour qu'elle comprenne qu'elle peut entrer. Je n'ai pas plus envie que ça de discuter. Mais je me dis que je trouve le temps long depuis qu'Amanda est partie une heure plus tôt et que ça m'occupera au moins dix petites minutes.

Elle referme derrière elle et s'adosse à la porte. Je ne sais pas du tout de quoi elle veut me parler. Mais je pense que soit ça a un rapport avec Matthieu, soit elle vient m'annoncer qu'elle repart. Après tout, ça va faire presque une semaine qu'elle est revenue.

J'attends qu'elle prenne la parole la première puisque c'est elle qui veut me parler.

— Je vais devoir retourner à Paris.

Je le savais.

— Quand ? je lui demande.

— Demain. Je reprends la route en début d'après-midi.

Je ne sais absolument pas quoi lui répondre. Mon cerveau est incapable de carburer comme il devrait depuis mon altercation avec Annabeth puis avec Amanda juste après. De toute façon, quoi que je puisse dire, Lisa finira toujours par partir. Elle n'a jamais réussi à rester ici. À la première occasion, elle se barre. C'est un choix qu'elle a fait et je le respecte. Je lui en veux seulement d'avoir en quelque sorte coupé les ponts avec moi.

— Je voulais juste te dire au revoir, ajoute-t-elle.

— Quand est-ce que tu penses revenir nous voir ?

— Je vais être pas mal occupée.

C'est la phrase typique pour esquiver la réponse à cette question. Elle la connaît par cœur. Mais j'essaye de ne pas trop lui en vouloir. Elle a vingt-sept ans. Elle fait sa vie maintenant. Et je fais la mienne de mon côté.

Derrière elle, j'entends papa marcher dans le couloir en direction de ma chambre.

— Ça tombe bien que vous soyez tous les deux là, déclare-t-il.

— Qu'est-ce qui se passe ? demande Lisa la première.

— Le policier chargé de l'affaire de Matthieu veut te rencontrer, Tristan, m'annonce-t-il.

— Il me convoque ?

— Oui. Pour avoir ta version des faits. Ta petite amie va l'être aussi. Et je pense, continue-t-il en se tournant vers Lisa, que tu devrais te tenir prête à revenir ici plus tôt que prévu.

— Il veut m'interroger aussi ? demande-t-elle.

— Si pour l'instant ce n'est pas le cas, je pense que ce le sera quand Tristan aura dit qu'il connaît Matthieu et que toute cette affaire remonte à l'époque où tu sortais avec lui.

Papa n'a pas tort.

— Il a donné une date pour un rendez-vous ?

— Demain. À huit heures.

— J'y serai.

— Je t'accompagnerai.

— Je n'ai pas besoin de toi, papa. Je peux me débrouiller tout seul, je m'agace.

— Tristan sait ce qu'il a à dire, papa. On le sait tous, me défend Lisa.

Je suis surpris que Lisa tienne tête à papa dans mon intérêt. Et papa l'est tout autant que moi. Mais il ne rétorque rien.

— Ne rate pas ce rendez-vous, Tristan, m'ordonne-t-il une dernière fois avant de retourner dans son bureau.

Avec Lisa, nous attendons de ne plus entendre le bruit de ses pas dans l'escalier pour reprendre notre conversation.

— Tu… Tu veux qu'on mange ensemble ? hésite-t-elle. Je peux faire des pâtes.

— Je n'ai pas très faim, je réponds en grimaçant.
— OK.

Lisa se retourne et pose sa main sur la poignée. Je la regarde faire en pensant à la prochaine fois que l'on se verra. Qui pourrait arriver plus vite que je ne le pensais.

Une fois la porte close, je me rallonge et me frotte le visage avec mes deux mains. Un fossé énorme s'est creusé entre ma sœur et moi. Et aucun de nous n'arrive à le combler parce que l'on ne sait pas se parler.

Depuis que j'ai ouvert les yeux ce matin, dans tous les gestes que je fais depuis que je me suis levé, je me repasse en boucle l'altercation avec Matthieu. Je ne veux surtout pas en oublier une miette. Avant de me coucher hier soir, j'ai reçu un message d'Annabeth. Elle aussi est convoquée par les flics en tant que témoin principal. Évidemment, puisqu'elle a tout vu. On n'a pas trop discuté de nos convocations. À vrai dire, on n'a pas parlé depuis qu'elle m'a demandé de l'oublier sur le parking du lycée. De toute façon, on ne dira que la stricte vérité. On n'a pas de raison de mentir.

En arrivant au poste de police, je me sens plutôt serein. Je ne sais pas vraiment comment les choses vont se dérouler, mais je sais ce que j'ai à dire. Et c'est le plus important.

Je m'avance vers l'accueil. Le type derrière le comptoir n'a pas l'air très préoccupé par ma présence. Je frappe sur la table. Il lève la tête, l'air de dire : « Pourquoi tu viens me déranger ? »

— J'ai rendez-vous avec le sergent…

Je sors le papier avec le nom du flic que mon père m'a donné hier soir, quand une voix m'appelle dans mon dos :

— Monsieur Journe ? Tristan Journe ?

Je me retourne et comprends tout de suite que c'est à lui que je vais avoir affaire. Il boit une gorgée de sa tasse de café. Il me semble plutôt droit dans ses bottes. Il est baraqué et n'a pas l'air de rigoler.

— Suivez-moi, me dit-il d'un geste de la main.

Je le suis jusqu'à un bureau. Le sien visiblement, puisqu'il y a une plaque avec son nom inscrit sur la porte. Il me fait entrer et referme derrière moi. Il m'invite à m'asseoir et je lui obéis. Il s'installe en face et boit une autre gorgée de café avant d'allumer son ordinateur.

— C'est toujours long, ces machines, m'informe-t-il.

Je sens ma jambe tressauter d'impatience.

— Nerveux ? demande-t-il en jetant un coup d'œil à ma jambe gauche.

— Impatient, je rectifie.

Je ne veux surtout pas qu'il puisse penser que j'ai quelque chose à me reprocher. Et je ne me laisserai pas déstabiliser.

— Très bien, monsieur Journe. Je vais vous expliquer comment les choses vont se dérouler, commence-t-il.

Je vais vous demander de m'expliquer en détail ce qui s'est passé le 27 octobre au soir. Puis je vous poserai quelques questions pour compléter mon compte rendu. Je vais prendre note d'absolument tout ce que vous allez me dire et je vais sûrement vous faire répéter plusieurs fois pour être sûr qu'aucun de nous n'oublie quoi que ce soit. C'est compris ?

— Compris.

— Alors je vous écoute. Que faisiez-vous le 27 octobre au soir ? m'interroge-t-il, prêt à taper sur le clavier de son ordinateur.

— J'avais un rendez-vous avec une fille.

— Annabeth Marlon ?

— Oui. On devait se retrouver sur la place.

— N'hésitez pas à me préciser l'heure qu'il était. Ça m'évitera de vous le demander chaque fois.

— On avait rendez-vous vers vingt heures, mais j'ai bien dû attendre quinze minutes avant de la trouver. On est allés prendre un verre au café de la place. On est sortis de là-bas vers vingt-deux heures, grand max. On a marché jusqu'au parc qui se trouve juste à côté. On s'est arrêtés, quoi… cinq minutes au milieu du chemin. Et c'est là qu'il a débarqué.

— Matthieu Verne.

— Oui. Il s'est posté devant moi et s'est présenté à Annabeth comme étant un vieil ami de ma famille.

— C'est le cas ?

— Je ne sais pas si on peut dire ça.

— Qu'est-ce que vous diriez, alors ? me demande-t-il en s'arrêtant de taper pour me regarder.

— C'est l'ex-copain de ma sœur.

— De votre sœur ?

— Et c'est aussi mon ancien coach de boxe.

— Donc vous le connaissiez plutôt bien.

— Pas tant que ça.

— Quand votre sœur et M. Verne se sont-ils séparés ?

— Il y a trois ans.

— Vous savez s'ils ont été en contact depuis ? m'interroge-t-il.

Je n'avais pas prévu de répondre à ce genre de questions. Lisa ne m'a jamais raconté en détail son histoire avec Matthieu. Je sais quand ils se sont quittés mais je n'en connais même pas les raisons.

— Je n'en sais rien, j'avoue. On ne se raconte pas nos vies. Lisa habite à Paris et Matthieu a quitté la ville peu de temps après leur rupture, alors il aurait très bien pu aller la voir sans que j'en sache rien.

— Vous avez tout à fait raison, me confirme-t-il. Reprenons, vous connaissiez M. Verne mais votre amie ne le connaissait pas.

— C'est ça.

J'attends qu'il finisse de taper sur son ordinateur et reprenne la parole :

— Vous m'avez dit que M. Verne avait quitté la ville. Vous saviez qu'il était de retour ?

— Oui. Mon père m'avait prévenu au début de la semaine.

— Poursuivez votre récit.

— Matthieu a voulu parler de ma sœur et j'ai refusé.

— Pourquoi ? m'interrompt-il.

— Parce qu'il a frappé ma sœur, je m'agace.

— C'est un fait avéré ?

— Elle n'a pas porté plainte, si c'est ce que vous voulez savoir.

— Vous savez pourquoi ?

— On ne se parle pas, je vous l'ai dit, je réponds, exaspéré.

— Très bien.

— Il voulait me faire la misère. Ça se voyait. Il avait ce regard.

— Quel regard ?

— Celui que l'on a avant de tabasser quelqu'un, décris-je.

— Comment connaissez-vous ce genre de regard ?

— Parce que je me suis déjà battu contre lui dans des sessions d'entraînement.

— Vous savez vous battre, donc ?

— Oui. J'ai attendu qu'il frappe le premier et je me suis défendu.

— Qu'a fait la jeune fille qui vous accompagnait ?

— Elle a essayé de s'interposer, mais Matthieu lui a donné un coup de coude en voulant se débarrasser d'elle parce qu'elle s'accrochait à son bras. Ensuite il a sorti son couteau alors qu'on était en plein corps-à-corps et il m'a planté. Je suis tombé par terre. Annabeth s'est approchée de moi et Matthieu s'est barré à ce moment-là.

— À votre avis, pourquoi a-t-il fait ça ? Pourquoi est-il venu vous voir, vous ? Pourquoi s'en est-il pris à vous ?

Ça fait beaucoup de pourquoi auxquels je suis incapable de répondre.

— Parce qu'il voulait se venger d'un vieux combat qu'on s'était livré, je suppose.

— Aucun rapport avec votre sœur ?

— Je n'en sais rien. Peut-être.

— J'ai toutes les informations qu'il me faut, déclare-t-il en se redressant. Mais je pense que vous devriez parler à votre sœur. Mettre tout ça au clair. Elle sait forcément des choses, même si elle ne sait pas tout.

Il se lève, alors je fais de même et je le suis pour parcourir le chemin inverse jusqu'à l'accueil.

— Merci de votre participation, monsieur Journe. Je vous tiens au courant de la suite des évènements.

— Merci à vous, sergent, je réponds en lui serrant la main.

Sur les chaises de l'accueil, Annabeth attend. Elle semble très nerveuse. Elle doit se poser une tonne de questions. Et, même si je suis perturbé par cette histoire entre Matthieu et Lisa qui finalement se trouve être pleine de trous noirs pour moi, j'essaye de lui montrer que je suis serein. Je sais que l'on est en froid, mais je ne veux pas l'effrayer plus qu'elle n'a déjà l'air de l'être.

J'essaye de lui sourire pour lui montrer que ça va bien se passer. Elle me sourit en retour. Un sourire plein de politesse, très différent de ceux qu'elle m'a adressés auparavant. Elle s'éloigne vers le bureau d'où je viens de sortir.

CHAPITRE 24

En me levant, ce matin, je ne trouve personne dans la maison. Papa a laissé un mot sur la porte de son bureau pour dire qu'il avait un rendez-vous à l'extérieur. Lisa, quant à elle, est retournée à Paris depuis hier. Je me prépare pour aller au lycée. Je monte sur ma moto et pars à toute vitesse.

Quand j'arrive en cours, je vais directement m'asseoir à ma place sans faire attention à personne. Je tends les jambes sous le bureau et croise les bras sur mon torse. Je sens mes yeux me piquer et la fatigue me gagner. J'ai pensé à tellement de choses cette nuit que j'ai l'impression de n'avoir pas dormi du tout.

La veille, j'ai hésité à envoyer un message à Annabeth pour savoir comment s'était passé l'entretien avec la police. Mais j'ai laissé tomber. Parce que j'avais peur qu'elle ne me réponde pas. Ou qu'elle tienne à ce que l'on reparle de cette soirée. Elle m'aurait posé des questions et je n'aurais pas eu les réponses.

Annabeth s'installe à côté de moi en m'ignorant. Évidemment, après ce qu'elle m'a dit il y a deux jours, elle n'a que ça à faire. Ce n'est pas à elle que j'en veux, c'est à moi. Amanda n'avait pas tort quand elle disait qu'il ne suffit pas de pouvoir changer, il faut le vouloir. Et pour l'instant j'en suis à un point où je sais qu'Annabeth peut m'aider à changer et l'a peut-être déjà fait. Mais je ne suis pas encore prêt à me mettre en couple avec elle. Alors il faut que je trouve un moyen pour rester en lien avec Annabeth. Elle m'a demandé de l'oublier, mais je ne peux pas la laisser m'échapper.

Le prof me coupe dans mes pensées quand je l'entends parler d'exposé à faire en binômes. Je commence à m'inquiéter. Je déteste les travaux de groupe.

— Les sujets vont porter sur des grands moments ou des grandes figures de l'histoire. Et j'ai l'honneur de former les binômes, annonce-t-il, fier de lui.

Personne n'aime quand le prof fait lui-même les groupes. Tout le monde s'attend toujours au pire.

— Amanda et Marion pour nous faire le portrait de Georges Clemenceau. Pierre et Ulysse sur la révolution russe. Tristan…

Je me redresse sur ma chaise.

— … et Annabeth sur les résistants français pendant la Seconde Guerre mondiale.

Nos têtes pivotent instantanément l'une vers l'autre et nos regards se croisent. Finalement, le prof vient de m'offrir ce que je cherchais. Mais Annabeth ne semble pas aussi partante que moi.

Une fois que tous les binômes sont formés, le prof commence son cours. J'essaye de suivre un minimum le cours au cas où il donnerait des informations importantes pour les exposés. Je compte bien bosser et prouver à Annabeth que je ne suis pas un idiot dans tous les domaines.

Au bout d'une heure, la sonnerie stridente retentit. J'attrape mon sac et je sors de la salle. Devant le porche du lycée, Lucas, Manuel et sa copine forment un petit groupe près des motos. Je les rejoins et tape sur l'épaule de Manu pour qu'il arrête d'embrasser Valentine. Il se tourne vers moi et me serre la main. Je leur propose d'aller manger dehors. Valentine, en bonne élève qu'elle est, décide de rejeter mon invitation pour retourner en cours. Elle embrasse une dernière fois Manu et se dirige vers les portes du lycée.

Après un bon repas au McDo, on se retrouve chez Lucas. En trois bons vieux compères, on s'affale sur le canapé pour regarder un match de foot. Aucun de nous n'est vraiment intéressé par le match, mais on continue de faire semblant.

Vers cinq heures, Manuel annonce qu'il retourne au lycée pour aller chercher Valentine. Je regarde mon téléphone. Annabeth m'a envoyé un message :

« Visiblement, tu as décidé de t'offrir ton après-midi. Mais je ne te laisserai pas le choix pour ta soirée. RDV chez moi à la sortie des cours pour faire le devoir d'histoire. Je pense que le mieux c'est qu'on s'en débarrasse le plus vite possible. »

À mon tour, je sors de chez Lucas pour me rendre chez Annabeth.

J'attends, en appui sur ma moto. J'aperçois son bus passer derrière moi. Annabeth traverse la rue et longe le trottoir où je me trouve pour rentrer chez elle. Je laisse mon regard se balader le long de sa silhouette. Ses longs cheveux noirs tombent en cascade dans son dos. Cette fille n'a vraiment pas conscience de sa beauté, du charme qu'elle possède et de l'effet qu'elle peut avoir sur les garçons.

— Arrête de me mater, me lance-t-elle, comme si elle venait de lire dans mes pensées.

Elle ouvre sa porte en grand et me fait signe d'entrer. Je m'avance pour la rejoindre. Avant de franchir le seuil, je m'arrête face à elle. Elle ne semble pas très heureuse de m'inviter chez elle pour que l'on travaille ensemble.

Une fois entrée, elle referme la porte derrière elle et soupire un grand coup. La maison est vide, on dirait.

— Rien que toi et moi ? je lui demande pour m'en assurer.

— Pas pour longtemps, me répond-elle en retirant sa veste, qu'elle accroche à un portemanteau. Tu veux boire quelque chose ? me demande-t-elle poliment.

— Non merci.

— Comme tu voudras.

Annabeth se dirige vers la cuisine par la porte qui se trouve à ma gauche. De mon côté, je m'avance vers la pièce qui s'ouvre devant moi. Je pose mon sac sur la grande table de la salle à manger. J'ôte ma veste à mon tour pour la poser sur l'une des chaises.

Des yeux, je fais le tour de la pièce. Des jouets de bébé traînent dans un coin du salon. Je suppose que ce sont ceux de son plus petit frère, Mathis, si j'ai bien retenu. Sur le buffet derrière moi trônent quelques cadres refermant des instants de leur vie de famille, comme des vacances à la plage ou à la montagne. Ils ont vraiment l'air de former une fratrie unie malgré leur différence d'âge.

— Je pense qu'on va avoir besoin d'Internet. Je vais aller chercher mon ordi, annonce Annabeth en revenant de la cuisine.

Elle s'arrête net en me découvrant en train de regarder ses photos de famille. Son regard passe plusieurs fois de moi aux cadres.

— Tu n'es pas obligé de faire semblant de t'intéresser à ma vie, Tristan, déclare-t-elle d'un ton froid. Je te rappelle qu'on travaille juste ensemble pour ce devoir et qu'après tu peux m'oublier, comme on a dit.

Je baisse la tête. Visiblement, je suis en très mauvaise posture. Elle a l'air de me détester. Mais, avant même que je puisse dire quelque chose pour me défendre, la porte d'entrée s'ouvre derrière Annabeth.

Sa mère apparaît, quelque peu dissimulée par une tonne de sacs qu'elle tente de tenir entre ses bras. Derrière elle, la petite sœur d'Annabeth pousse le landeau de son frère en criant *vroum, vroum* à tout-va.

Annabeth se précipite pour aider sa maman et je m'avance pour faire de même. On dépose les sacs de courses dans la cuisine et on retourne dans l'entrée.

— Maman ! lance Annabeth par-dessus les cris de sa petite sœur.

Celle-ci s'arrête d'un coup en s'apercevant de ma présence.

— T'es qui, toi ? m'interroge-t-elle.

— Mathilde ! la reprend sa mère.

— Il n'y a pas de mal.

Je m'accroupis pour être à son niveau et je lui tends la main pour me présenter :

— Moi c'est Tristan. Et toi, c'est comment ton prénom ?

Un sourire jusqu'aux oreilles illumine son visage.

— Mathilde, répond-elle, pleine d'assurance, en empoignant ma main pour la secouer vigoureusement. Et lui, c'est Mathis, continue-t-elle en me désignant du doigt le bébé, qui nous fixe avec des yeux ahuris depuis sa poussette. T'es l'amoureux d'Annabeth ?

— Mathilde.

Cette fois c'est Annabeth elle-même qui reprend sa petite sœur. Sa mère commence à interroger sa fille d'un regard amusé. Et, quand nos yeux se rencontrent, ses joues se mettent à rosir instantanément. Elle commence même à bégayer.

— Ce n'est pas mon… On n'est pas… On doit seulement travailler ensemble pour un projet de classe, assure-t-elle.

— Elle dit vrai, je confirme en me relevant.

— Très bien. Vous allez travailler où ? demande sa mère.

— On voulait se mettre dans la salle à manger, mais on va plutôt aller dans ma chambre pour ne pas être trop dérangés.

— Tu connais les règles, Annabeth.

— Oui.

Je récupère mon sac et ma veste dans la salle à manger et suis Annabeth à l'étage. L'une des premières règles est sûrement de ne pas s'enfermer dans une chambre avec un garçon, parce que Annabeth laisse la porte entrebâillée.

Elle attrape son ordi et s'installe en plein milieu de son lit. Quant à moi, je préfère garder mes distances et m'assois sur la chaise de son bureau.

— C'est quoi notre sujet d'exposé, déjà ?

— Tristan, s'exaspère-t-elle.

— Annabeth, je souris.

Mais mon sourire ne l'amadoue pas du tout.

— Écoute, Annabeth, je sais que l'on n'est pas en très bons termes et que c'est de ma faute. Mais je vais m'investir dans ce projet. Tu peux me faire confiance.

— Tu as plutôt intérêt, rétorque-t-elle.

— Par contre, ça ne marchera pas si tu me détestes.

— Je ne te déteste pas, Tristan, s'exclame-t-elle soudain en relevant la tête. J'essaye seulement de me protéger. Parce qu'on ne doit pas mélanger nos problèmes personnels et le lycée. Mais de toute façon tu ne veux pas de moi.

Je fais rouler ma chaise vers son lit et pose mes mains sur ses joues pour qu'elle me regarde. Pour qu'elle voie que ce que je m'apprête à lui dire est sincère.

— Je te veux, Annabeth. Je te veux tellement, je lui avoue. Mais je ne suis pas prêt à être celui que tu mérites. Veux-tu m'attendre, s'il te plaît ? j'ose lui demander. Parce que je ne pourrai pas t'oublier.

Elle hoche la tête sans rien ajouter.

— OK, je souris.

Je retourne à ma place et sors une feuille de mon sac. Je lui emprunte un de ses crayons posés sur son bureau et lui montre que l'on peut se mettre au travail. Annabeth prend une grande inspiration et m'offre enfin un sourire.

— Les résistants français pendant la Seconde Guerre mondiale.

— Tu recherches, je note ? je lui propose.

Elle accepte et on se lance dans les recherches sans perdre de temps. Je m'applique à noter tout ce qu'elle me dit et je fais preuve de tellement de concentration que je commence à m'intéresser vraiment à ce que je fais. En même temps, Annabeth semble si captivée par les témoignages qu'elle découvre sur Internet que je ne peux que la suivre dans son engouement.

— Il faut qu'on fasse une présentation authentique.

— On pourrait écrire des passages de témoignages dans le diaporama, pense Annabeth à voix haute.

Après deux heures de travail, quelqu'un frappe à la porte. Je fais pivoter ma chaise pour faire face à la personne qui vient d'entrer. C'est un homme, qui ressemble à Jared, le frère d'Annabeth. J'en déduis que c'est leur père.

Lui aussi m'examine longuement et semble faire rapidement le lien entre mes égratignures sur le visage et l'œil au beurre noir encore visible sur sa fille. Je le sens tout de suite plus tendu. Je sais que ses parents ont découvert qu'elle était avec un garçon le soir où c'est arrivé. Ce que je ne sais pas c'est si elle a donné mon identité. En tout cas, maintenant ça ne fait plus aucun doute pour son père.

— Salut, papa, déclare Annabeth.

Je me lève pour me présenter et lui serrer la main.

— Tristan.

Il accepte la poignée de main mais semble tout de même émettre des doutes sur ma présence ici.

— Vous êtes bien amoché, me fait-il remarquer.

— Et vous n'avez pas vu l'autre, je tente pour détendre l'atmosphère.

— Vous voulez parler de celui qui a frappé ma fille quand elle a menti pour sortir avec vous, je suppose ?

— Papa, essaye de s'interposer Annabeth. On travaille juste sur un devoir d'histoire, là. Et tu vois bien que je respecte toutes les règles, continue-t-elle d'argumenter.

— Vous devez encore faire vos preuves, jeune homme, me prévient-il avant de nous laisser à nouveau seuls.

— N'oublie pas qu'en tant qu'aînée je représente toutes ses « premières fois » et que sa fille qui lui ment c'est une première pour lui, me rappelle Annabeth.

— Il a raison de se méfier. Je n'ai pas une bonne influence sur toi, j'admets en me tournant vers ma feuille sur le bureau.

— Heureusement que moi j'en ai une bonne sur toi, rétorque-t-elle avec son sourire malicieux sur les lèvres.

Je lui jette un petit regard par-dessus mon épaule.

— Et de toute façon on est seulement amis, poursuit-elle.

— Et on ne fait que travailler ensemble, j'ajoute.

— C'est ça. D'ailleurs je me dis qu'on pourrait diffuser des vidéos d'archives d'actes de résistants pendant l'exposé. C'est toujours sympa à voir, reprend-elle, déjà sur notre devoir.

Vers vingt heures, je pars de chez Annabeth. Nous avons bien avancé dans notre exposé. Il ne lui reste plus qu'à finaliser le diaporama et à remettre le texte en forme avec les notes que j'ai prises. Je crois que je n'ai jamais autant travaillé en une soirée. En partant, j'ai promis à Annabeth que, si on arrivait à avoir quinze sur vingt, je ferais une fête pour le célébrer.

CHAPITRE 25

Je sors de la salle de bains, en caleçon, quand j'entends la sonnette de la porte d'entrée retentir. Je jette un coup d'œil à l'heure sur mon portable. J'ai invité les gars et Annabeth à une petite soirée tranquille à la maison pour fêter notre super note d'oral d'histoire avec Annabeth. Mais d'habitude personne n'arrive avec presque vingt minutes d'avance. Ça doit sûrement être le rendez-vous professionnel de papa. En tout cas, il est allé ouvrir parce que personne ne sonne une seconde fois.

J'enfile un jean propre. Je récupère un polo dans l'un des tiroirs de ma commode. Normalement, j'aurais plutôt opté pour un tee-shirt blanc tout simple. Mais je crois que, parce qu'il y a Annabeth, je fais un petit effort. C'est plus fort que moi. C'est presque inconscient.

Une fois prêt, j'observe une dernière fois mon reflet dans le miroir de la salle de bains. Je passe ma main dans mes cheveux pour les désordonner un peu. Je quitte la salle de bains et ferme la porte de ma chambre pour descendre.

En haut des marches, je me rends compte que je connais les voix que j'entends dans l'entrée. Je me précipite en bas et y trouve mon père qui échange avec Annabeth.

— C'est bon, papa. Je prends la relève, je m'interpose.

J'avais minutieusement calculé les horaires de ma soirée pour que personne n'ait à croiser mon père, et surtout pas Annabeth. Mais j'aurais dû me méfier. Déjà lors de notre premier rendez-vous elle était en avance. Et papa. Qu'est-ce qu'il fait encore là ? Il devrait être parti depuis presque dix minutes.

— Tu n'es pas attendu quelque part, papa ?

— J'allais quitter la maison quand ton amie a sonné à la porte, m'explique-t-il.

— Tu peux y aller, maintenant.

Papa enfile son manteau. Je jette un œil à Annabeth. Elle semble un peu surprise de notre échange mais ne laisse rien paraître en souriant poliment.

— Personne ne prend la route bourré, Tristan, me rappelle-t-il.

Il se dirige vers la porte d'entrée.

— Ravie d'avoir fait votre connaissance, monsieur Journe, l'interpelle Annabeth avant qu'il passe la porte.

Il répond d'un signe de tête et disparaît. Je me retrouve seul face à Annabeth. Elle se tourne vers moi et me tend un sac de courses.

— J'ai apporté quelques trucs à manger. Tu ne m'en voudras pas ?

Je ris. Je la débarrasse de son sac et l'invite à me suivre dans la cuisine. Elle pose son sac à main sur la table et retire sa veste. Je commence à fouiller dans les placards à la recherche de récipients pour pouvoir servir les gâteaux apéritifs qu'elle a apportés. Elle me rejoint près de l'îlot central et vide le sac.

— Je ne sais pas du tout ce que tes amis aiment, alors j'ai pris un peu de tout, m'informe-t-elle.

— Ce sera parfait. On n'est pas du genre difficile. On se satisfait de ce qu'on a, je la rassure.

— Typique des mecs, rit-elle.

Je la bouscule d'un coup d'épaule et elle rit de plus belle. Je n'arrive pas à croire que, dans ma tête, je puisse comparer le son de son rire à une mélodie. En tout cas, il me donne envie de l'entendre plus souvent.

— Ton père a l'air gentil, déclare-t-elle en ouvrant un paquet de chips.

— Je pensais que tu savais qu'il faut se méfier des apparences, je rétorque.

— Il ne l'est pas ?

— Quand il veut. Et avec qui il veut.

— C'est le business qui exige ça. Il m'a parlé de son dîner de ce soir avec des gens importants.

— Je suis d'accord. Mais il faut savoir faire la part des choses entre le travail et la famille, j'assure en quittant la pièce pour éviter de poursuivre cette conversation.

Je déteste parler de ma relation avec mon père. On n'a jamais été proches. Depuis qu'on est tout petits, il nous met la pression à Lisa et à moi pour qu'on réussisse comme lui. Seulement, il oublie de nous demander notre avis.

J'ai toujours admiré la complicité qu'il avait avec sa femme. Il l'aimait. C'est clair. Mais il n'a jamais vraiment su démontrer son amour pour ses enfants. Je sais qu'il nous aime. Parce qu'il essaye de nous mettre en garde, de nous protéger de temps en temps. Mais ce n'est pas suffisant.

J'ai toujours eu besoin d'entendre que mon père était fier de moi. J'ai attendu ce moment pendant des années. Puis, un jour, je me suis dit que ça ne servait à rien. Alors j'ai décidé d'aller contre tout ce qu'il pouvait me dire et de mener ma propre vie, guidé par mes propres intentions et mes désirs. Même si ça me fait passer pour le mauvais garçon de service.

J'apporte les différents bols dans le salon et je les pose sur la table basse. Quand je retourne dans la cuisine, Annabeth est sur la pointe des pieds en train d'essayer de récupérer des verres dans un placard trop haut pour elle. Je ne peux pas m'empêcher de la reluquer et je remarque qu'elle porte une robe à carreaux écossaise avec une paire de collants pour protéger ses jambes du froid de l'hiver qui s'installe.

Je m'approche d'elle pour lui venir en aide.

— Je vais le faire.

J'attrape un verre et le pose sur le plan de travail. Quand je veux répéter l'opération pour un deuxième verre, je me rends compte de la proximité de mon corps et de celui d'Annabeth. Je croise son regard. Ses yeux ne lâchent plus mes lèvres. Je penche ma tête vers la sienne. Nos fronts se frôlent. Nos nez se touchent et se caressent. Mes paupières veulent se fermer pour profiter de l'instant, pour ancrer ce moment dans ma mémoire, mais je refuse de les fermer complètement. Je veux la voir. Quand je l'embrasserai.

Mais elle fait un pas en arrière. On se fixe du regard, le souffle presque coupé, se demandant chacun de son côté ce qui a failli se passer. On était à deux doigts de se laisser emporter dans quelque chose que l'on n'aurait sûrement pas contrôlé. Je suis le premier à détourner le regard pour continuer de récupérer les verres dans le placard.

— Où sont les boissons ? demande-t-elle innocemment.

— Dans le frigo, je réponds en le lui désignant du doigt.

Elle sort les bouteilles et les apporte au salon. Je la rejoins avec les verres.

Une fois que tout est installé, je m'affale sur le canapé et vérifie l'heure sur mon portable pour avoir une idée du temps qu'il me reste à passer en tête à tête avec Annabeth. D'un côté, j'ai envie d'envoyer un message aux potes pour annuler la fête et profiter de cette soirée rien qu'avec elle. Mais, de l'autre, j'ai peur que, si l'on n'est que tous les deux, on ne soit tentés de reprendre là où on s'est arrêtés dans la cuisine.

Je suis du regard Annabeth, qui circule dans le salon en s'arrêtant pour observer les tranches des livres alignés dans la bibliothèque. Elle n'a rien d'autre à examiner parce que, contrairement à chez elle, il n'y a plus aucune photo qui traîne dans cette partie de la maison. Dans une sorte d'accès de rage, je les ai toutes retirées à la mort de maman. Personne ne m'a rien dit et personne ne les a remises. Je pense qu'on préfère tous faire croire aux gens qui nous rendent visite que maman et papa sont divorcés plutôt que d'avoir à leur expliquer qu'elle est morte d'un cancer.

— *L'Attrape-cœurs* de J. D. Salinger, murmure Annabeth en passant son doigt le long de la reliure.

— Le livre préféré de ma mère.

— J'ai dû le lire au moins trois fois, confie-t-elle.

Je suis touché de savoir que ma mère et Annabeth ont un point commun, en sachant qu'elles ne se rencontreront jamais.

— Quasiment tous les livres qui se trouvent ici sont à elle, lui fais-je remarquer en me redressant dans le canapé.

— Elle aussi devait être une spécialiste des clichés, alors, ironise-t-elle en faisant référence à notre conversation passée. Tu l'as lu ? me demande-t-elle sérieusement.

— Non.

— Pourquoi ? continue-t-elle de m'interroger en s'avançant pour me rejoindre sur le canapé.

— Je n'ai pas envie de détester un livre que ma mère adorait.

— Qui a dit qu'il ne te plairait pas, ce livre ?

Je tourne la tête pour la regarder dans les yeux. Elle semble me poser cette question avec un tel sérieux ! Je n'ai aucune idée de ce que raconte ce livre. Mais j'ai l'impression qu'elle, elle sait parfaitement de quoi elle parle.

— Après, tu fais bien ce que tu veux, s'exclame-t-elle avec son sourire au coin des lèvres que je ne parviens pas à interpréter.

Je m'apprête à lui répondre quand quelqu'un frappe à la porte.

CHAPITRE 26

Je me lève et je vais ouvrir la porte. Les premiers à arriver sont Manuel et sa petite amie Valentine. Je les invite à entrer. Annabeth nous a rejoints, et c'est elle qui prend les devants pour se présenter. Il se trouve que l'on est tous dans le même lycée depuis trois ans, mais aucun de nous ne se connaissait avant notre entrée en terminale, au mois de septembre.

— Annabeth, se présente-t-elle.

— Manuel.

— Valentine.

— Sa copine, j'ajoute.

— Je suis rassurée de savoir que je ne vais pas être la seule fille de la soirée.

— Moi aussi, lui sourit Valentine.

Valentine est la benjamine du groupe. Elle a deux ans de moins que nous tous. Mais je pense qu'elle ne va avoir aucun problème pour s'entendre avec Annabeth.

On frappe à nouveau à la porte et je reconnais tout de suite la manière bien particulière qu'a Lucas de frapper. Il cogne toujours des deux mains en alternant les poings pour jouer une sorte de rythme. J'ouvre la porte et, derrière Lucas, Paul brandit deux packs de bières.

Lucas me prend dans ses bras comme si on ne s'était pas vus depuis un mois. Je débarrasse Paul d'un des packs de bières et les présente en même temps à Annabeth. Paulo nous offre un magnifique sifflement en la reluquant et, de ma main libre, je lui donne une claque derrière la tête.

— Il faut qu'on discute, mon pote, me dit-il en suivant les autres vers le salon.

— Il n'y a rien à discuter, je rétorque.

Manuel et Valentine s'assoient l'un à côté de l'autre sur le canapé et Annabeth s'installe sur la place restante à côté de Valentine. Je me mets sur l'autre canapé, en face de Manuel et en diagonale d'Annabeth. J'aurais bien voulu être plus près d'elle mais Paulo a été le plus rapide et s'est mis juste en face d'elle. Lucas s'assoit entre nous deux.

— La règle, réattaque déjà Paul, c'est qu'à partir du moment où il ne s'est rien passé entre vous deux, alors la voie est libre pour les autres.

Je lui ris au nez :

— Qui a dit qu'il ne s'était rien passé ?

Paulo pivote sa tête entre Annabeth et moi. Je n'ai dit à personne que l'on s'était embrassés lors de notre premier rendez-vous. C'est pourquoi tous me regardent aujourd'hui, étonnés.

— Ça veut dire quoi, pour vous, « il s'est passé quelque chose » ? nous interroge Valentine.

— Ce qu'on ne fait pas quand on est seulement amis, précise Lucas.

— Donc ça comprend le sexe ou quand on embrasse la fille, ajoute Manuel.

Avec Annabeth, nous échangeons un regard entendu. Nous arborons chacun notre petit sourire au coin des lèvres. Je dois dire que je préfère me rappeler cet instant plutôt que celui qui a suivi ce baiser.

— Qu'est-ce qui s'est passé entre vous, alors ? continue de nous questionner la petite Valentine.

— Il se pourrait que l'on se soit embrassés, j'avoue en me penchant vers la table basse pour servir.

— Il se pourrait ? On veut des certitudes, des faits ! s'exclame Paulo.

— Je l'ai embrassé, déclare Annabeth haut et fort.

Je relève la tête vers elle. Je ne pensais pas qu'elle l'avouerait aussi franchement.

— On n'a rien à cacher sur ce sujet, précise-t-elle en me regardant. Il m'a demandé de l'embrasser et je l'ai fait.

Paul se tourne vers moi :

— Sérieux ?

— Qu'est-ce que tu crois ? J'obtiens toujours ce que je veux, je le nargue.

J'entends Annabeth pouffer. Je m'attends même à ce qu'elle me fasse une remarque sur mon ego comme au début, quand elle ne supportait pas mon arrogance.

— Ta prétention va finir par t'étouffer, me lance-t-elle.

Comme à mon habitude, je lui offre mon plus beau sourire de frimeur. Elle secoue la tête et engage la conversation avec Paul pour se venger. Je ne peux pas me retenir de rire face à son attitude. Elle m'ignore complètement, même quand j'essaye de lui demander ce qu'elle veut boire. Je préfère en sourire. De toute façon, elle ne tiendra pas bien longtemps. Et, si c'est le cas, alors je jouerai au même jeu qu'elle.

Je me mets à discuter avec Lucas et Manu des dernières nouvelles. Lucas nous raconte la fête à laquelle il est allé. Il n'arrête pas de se vanter parce qu'à cette soirée il y avait des filles de l'université. Mais elles ne valent pas grand-chose. L'université d'ici est toute petite et assez peu prestigieuse. Je crois même qu'elle ne propose que des classes de prépa et, comme elle se trouve dans le second lycée de la ville, on confond souvent les filles de l'université et celles du lycée. Il faut dire que la différence n'est pas flagrante. Mais peu importe. Si Lucas peut faire le fier, il le fera. C'est une habitude chez lui.

On a entamé le premier pack de bières après avoir bu plusieurs verres quand Paul se lève pour jouer les DJ. C'est sûrement celui qui s'y connaît le moins en musique dans le groupe, mais c'est toujours le premier à se mettre à danser.

Il lance une musique actuelle, que l'on a l'habitude d'entendre en boîte, et s'avance vers Annabeth, qui discute avec Valentine. Je guette tous ses faits et gestes. Il lui tend sa main et, avant d'accepter, Annabeth tourne la tête vers moi. Je détourne le regard. C'est elle qui a décidé de m'ignorer pour Paul.

Du coin de l'œil, je les observe danser. Ils ont l'air de bien s'amuser. J'ai même l'impression qu'Annabeth cherche à me provoquer en dansant de plus en plus serrée contre Paul. En tout cas, ça ne semble pas le déranger plus que ça.

Si on était plus qu'amis avec Annabeth, je serais déjà intervenu. Mais je prends sur moi. Le fait que l'on ait failli s'embrasser, tout à l'heure dans la cuisine, ne veut pas dire qu'elle est à moi. Elle a encore le temps de changer d'avis. Surtout si je lui en laisse trop.

Je récupère les bouteilles vides sur la table basse et les emporte à la cuisine. Je m'assois sur l'une des chaises de l'îlot central et pose ma tête sur mes bras croisés. Réfléchir trop quand on n'est pas loin d'être bourré, c'est vraiment pas bon.

Quelqu'un frappe quelques coups sur le plan de travail. Je relève la tête et me retrouve face à Manuel, qui s'installe sur la chaise.

— Sa musique. C'est vraiment de la merde, je mens avant qu'il ne prenne la parole.

— Ce ne serait pas plutôt à cause d'Annabeth ?

— Elle fait ce qu'elle veut. On n'est pas en couple, je lui fais savoir.

— Mais t'aimerais bien.

Je ne trouve rien à répliquer parce que je n'ai rien à répliquer. Il a raison. Je replonge la tête entre mes bras pour ne plus le voir, lui avec son bon sens.

— Pourquoi tu lui as demandé d'être son ami ?

— Parce que c'est plus facile que d'être en couple.

— Tristan, je te jure que des fois je me demande comment tu fais pour être aussi bête.

— Merci. Le plus beau compliment que tu pouvais me faire.

— Non mais sérieux, Tristan. L'amour c'est dur. Mais ça ne se fait pas tout seul. Vous êtes deux. Et cette fille crève d'envie de sortir avec toi. S'il te plaît, ne viens pas me dire qu'en plus d'être idiot tu es aveugle, m'avertit-il.

Je secoue la tête pour lui faire comprendre que non.

— Et on ne peut pas dire que tu n'en aies pas envie non plus. Ça se voit dans ton froc quand tu la regardes, se met-il à rire.

J'essaye de lui foutre mon poing dans la tronche, mais il se recule pour l'éviter.

— Je suis peut-être idiot mais, là, t'es dégueulasse, je lui lance pour rire.

— C'est pour détendre l'atmosphère, ajoute-t-il. Plus sérieusement, il faut que vous vous parliez. Il y a de ça trois mois, cette fille ne pouvait même pas te voir en peinture. Maintenant, autant l'un que l'autre, vous êtes incapables de vous dire les choses parce que vous avez trop peur de ce que va penser l'autre. Tristan, m'assène-t-il, cette fille ne va pas te tuer parce qu'elle t'aime. Et lui avouer tes sentiments pour elle ne va pas te tuer non plus. Par contre, l'amour peut finir par mourir si tu ne te bouges pas le cul.

Je frotte mon visage des deux mains en espérant que ça m'aide à y voir plus clair. On ne peut pas dire que ça serve à grand-chose.

— Va au moins danser avec elle, me conseille-t-il. C'est d'ailleurs ce que je vais aller faire avec la mienne, de copine, annonce-t-il en se levant pour retourner au salon.

CHAPITRE 27

Qu'est-ce qu'il peut être chiant, à toujours avoir raison ! Mais je suis quand même bien content de l'avoir pour meilleur ami. Il sait quoi dire pour me faire réfléchir, pour me ramener à la raison. Et, aujourd'hui comme hier, c'est évident que j'aime Annabeth. Seulement il faut que je réussisse à le dire à voix haute. À lui dire à elle. Et ça, je ne sais pas faire.

L'idée de me mettre en couple m'effraye encore. Mais, ces jours derniers, je me dis qu'avec Annabeth on a pris le temps d'apprendre à se connaître. Qu'elle a changé ma façon de voir l'amour au sens large, ce qui comprend l'amour que l'on peut ressentir pour sa propre famille. Elle m'a même fait changer la façon de me voir moi-même. Sans le vouloir.

Je suis loin d'être parfait. Et je le sais. J'ai commis des erreurs. Et j'en ai subi les conséquences. Annabeth ne m'a pas changé. Mais elle m'a donné envie de changer. Si j'ai décidé de prendre le temps d'être ami avec elle, c'est pour toutes ces choses et pour être sûr d'être à la hauteur de l'homme qu'elle mérite d'avoir à son bras.

Je sors de la cuisine et m'avance droit vers la stéréo. S'il y a bien une chose que mon père m'a apprise, c'est que, pour danser un slow, il faut écouter la chanson *Stairway to Heaven* de Led Zeppelin. Je lance la musique alors que tout le monde s'est arrêté de bouger.

Manuel m'adresse un clin d'œil et commence à danser avec Valentine. Je marche jusqu'à Annabeth et lui demande :

— Avant que je ne meure étouffé par ma prétention, tu veux bien m'accorder cette danse ?

Elle pose sa main sur la mienne. Instinctivement, je resserre mes doigts sur les siens. Maintenant que je la tiens, je ne veux plus la lâcher de la soirée.

— Au tapis, le Paulo, je lance à mon ami alors qu'il soupire en rejoignant Lucas sur le canapé.

— C'est vraiment moche d'être célibataire, l'accueille jovialement ce dernier.

Je reporte mon regard sur Annabeth plutôt que sur ces deux paumés. Je pose ma main sur sa hanche et me rapproche d'elle. On commence à danser ensemble au rythme de la guitare. Je repousse une mèche de ses cheveux derrière son oreille et laisse mon pouce s'arrêter un instant sur sa joue.

Annabeth plonge son regard dans le mien, et je comprends tout de suite ce qu'elle veut me dire sans qu'elle ait à le faire. Je comprends qu'elle soit déstabilisée. Je le suis tout autant. Même si maintenant je sais ce que je veux.

Annabeth semble lire dans mes pensées. Elle remonte ses mains pour les nouer derrière ma nuque. Comme lors de notre toute première danse ensemble, nos corps bougent ensemble, nos fronts se frôlent. Je voudrais que ça dure toujours. Pouvoir la sentir près de moi, sentir son parfum qui la définit si bien, à la fois doux et puissant. Heureusement pour moi, la chanson dure près de dix minutes.

Dix minutes où j'oublie complètement la présence de Manuel et Valentine qui dansent à côté de nous ou de Paul et Lucas sur le canapé. Dix minutes où je ne me concentre que sur Annabeth.

Quand résonne la dernière note, je me refuse à l'embrasser. J'aimerais le faire. Vraiment. Mais je n'ai pas envie de le faire devant les autres. Et j'ai besoin de lui parler avant de m'exécuter.

Paul remet sa musique et on se regroupe tous pour danser. Mains en l'air, on monte le son et personne n'a envie de s'arrêter. J'aperçois mon père rentrer de son rendez-vous vers une heure du matin. Je remarque qu'il passe une tête par la porte pour voir ce qu'on fait, mais il repart sans lancer aucune réflexion. Je suis surpris mais content qu'il ne s'impose pas pour me recadrer comme il a l'habitude de le faire. C'est un progrès.

Vers une heure et demie, je range toutes les bouteilles d'alcool et les bières pour qu'on puisse commencer à dessaouler. Sinon ils ne passeront pas la porte de cette maison. Mon père est hyper strict là-dessus. Et, aujourd'hui, je veux bien héberger Annabeth mais pas les autres.

On se retrouve tous assis sur les canapés à discuter des épreuves de bac blanc qui arrivent. Évidemment, avec les gars, on est carrément à la bourre dans les révisions. En même temps, ce n'est que le blanc et pas le vrai du mois de juin.

Valentine et Annabeth lancent l'idée de faire un programme de révisions en groupe. Je n'arrive pas à croire qu'elles imaginent pouvoir nous faire travailler. Mais bizarrement, et peut-être un peu à cause de l'alcool, on ne refuse pas totalement leur proposition. Même si on se moque d'elles.

Aux alentours de six heures du matin, Lucas et Paul décident de rentrer. Valentine et Manuel les suivent de près. Et je me retrouve seul avec Annabeth. Je m'affale sur le canapé et elle s'assoit en face de moi.

— Mon père va me tuer de l'appeler si tard pour qu'il vienne me chercher, soupire-t-elle.

— Tu peux dormir là si tu veux, je lui propose en me redressant.

Elle me regarde, hésitante.

— Je peux aussi te proposer de partager mon lit. Ou t'improviser un lit à même le sol si tu préfères, je me moque.

En réponse, Annabeth attrape le coussin à côté d'elle et me le lance en pleine figure. Je pars dans un éclat de rire.

— Nan, sérieusement. La chambre de ma sœur est libre. Je te la montre ?

Annabeth hoche la tête et se lève. Je fais de même et l'invite à me suivre. On monte l'escalier et on longe le couloir jusqu'à ladite chambre. J'ouvre la porte en grand pour laisser Annabeth entrer. Elle fait un pas à l'intérieur et observe déjà la pièce. Je ne lui ai pas beaucoup parlé de ma sœur. Elle n'a aucune d'idée d'à quoi elle peut ressembler aussi bien physiquement que moralement.

Finalement, je me rends compte que la chambre de Lisa m'est aussi inconnue qu'elle l'est pour Annabeth. Je ne rentre jamais dans cette pièce. J'ai toujours respecté l'intimité de ma sœur. Comme elle respectait la mienne.

Figé à côté de la porte, les mains enfoncées dans les poches, je m'aperçois que sa chambre est aussi vide que la mienne. La couleur des murs est restée dans son jus. Il n'y a que deux ou trois photos d'affichées et tout est rangé. Il n'y a absolument rien qui traîne. En même temps, Lisa ne vit plus ici sauf quelques jours dans l'année. On ne peut pas dire qu'elle ait vraiment le temps de s'installer ou de prendre ses aises.

— C'est quoi cette porte ? m'interroge Annabeth en la désignant du doigt.

— La salle de bains, je lui réponds. Communicante avec ma chambre si tu as besoin.

Annabeth s'assoit sur le bord du lit en face de la porte de la salle de bains.

— Tu aurais… Tu aurais un tee-shirt à me prêter, s'il te plaît ? Pour que je l'utilise comme pyjama, me demande-t-elle en rougissant presque.

— Je vais te chercher ça.

Je sors de la chambre de Lisa et entre dans la mienne. Je prends un tee-shirt dans ma commode et traverse la salle de bains pour retrouver Annabeth. Quand j'ouvre la porte, elle est en train de retirer ses chaussures. Elle relève la tête. Je m'avance. Je n'arrive pas à la quitter des yeux. J'ai l'impression que si je les ferme elle va disparaître ou que je vais me réveiller et réaliser qu'elle n'était qu'un rêve. Alors qu'elle est bien là. Et qu'elle s'apprête à dormir chez moi.

Je sais que l'on a déjà dormi une nuit dans la même chambre. Dans sa chambre. Mais les choses étaient différentes. Mes sentiments se sont amplifiés depuis.

— Le tee-shirt, sourit-elle.

— Oui. Le tee-shirt, je réponds en retrouvant mes esprits.

Je lui tends mon tee-shirt. Gêné, je me passe la main dans les cheveux. Je ne sais plus quoi dire ou quoi faire. Je soupire avant de lui souhaiter une bonne nuit et de me retourner pour sortir.

— Tristan, m'arrête-t-elle en me retenant par le bras.

— Mmmh ?

— Est-ce que tu peux détacher le haut de ma robe, s'il te plaît ?

Annabeth se retourne et réunit tous ses cheveux d'un même côté. Je m'approche et saisis la fermeture Éclair entre mes doigts. Je dégage les dernières mèches de cheveux pour qu'elles ne se coincent pas en lui caressant la nuque du bout des doigts. Je fais glisser la fermeture Éclair jusqu'au milieu de son dos. Juste en dessous de l'attache de son soutien-gorge.

Je n'ai qu'une envie, c'est de continuer de faire descendre la fermeture de cette robe pour pouvoir la lui ôter. Mais je prends sur moi et je m'arrête. Je retire mes mains de son dos et recule d'un pas.

Annabeth ne se retourne pas. Alors je m'avance à nouveau et pose ma main sur son épaule gauche, le côté où elle a rassemblé ses cheveux. Je me penche vers son cou. Cette fois-ci, je ne résiste pas à l'envie d'embrasser sa peau. Annabeth penche un peu plus la tête vers la gauche. Alors mes lèvres se posent sur son cou pour l'effleurer d'un baiser. Je recommence une fois. Puis une autre et, lentement, je remonte jusqu'au contour de sa mâchoire, sur sa joue.

Annabeth se retourne et pose sa main sur ma nuque. On est tellement proches que je la sens se mettre sur la pointe des pieds. Je glisse ma main sur le bas de son dos. J'essaye de reprendre ma respiration, mais je n'en ai pas le temps. Dans un même mouvement, nos lèvres se touchent. Nos bouches s'embrassent. Je m'accroche à elle et elle s'accroche à moi. Nos langues se rencontrent. J'ai l'impression de perdre pied.

Notre baiser est diamétralement opposé à celui que l'on a échangé la première fois dans le parc. Il était doux et sage. Alors que celui-ci est passionné, retenu depuis si longtemps. Il est presque vital. Je sens que mon cœur bat plus fort et je ne doute pas une seconde que le sien aussi.

Je remonte ma main le long de son dos, caressant sa peau à découvert jusqu'à sa nuque. Je la retiens par le cou, mon pouce caressant sa joue. Nos corps se rapprochent instinctivement, s'imbriquant à la perfection. Ce moment pourrait durer des heures que cela ne nous dérangerait pas.

Quand, hors d'haleine, nous nous arrêtons, nous appuyons nos fronts l'un contre l'autre. Les mains d'Annabeth descendent le long de mon torse.

— J'ai peur, j'avoue en murmurant.

— Moi aussi, chuchote-t-elle à son tour.

— Mais j'en ai envie, j'ajoute.

Annabeth hoche la tête en signe d'approbation. Je me recule un peu et j'attrape ses mains. Je mêle mes doigts aux siens et plonge mon regard dans ses yeux.

— Bonne nuit, nous souhaitons-nous presque simultanément.

Je recule peu à peu en tentant de tenir ses mains dans les miennes le plus longtemps possible. Mais je m'éloigne et ses doigts m'échappent. Je passe la porte et j'entre dans ma chambre. Je ne réalise absolument pas ce qui vient de se passer. Et pourtant, je sens encore la pression de ses lèvres contre les miennes. Je vais probablement en rêver toute la nuit.

CHAPITRE 28

— Attention, l'élément perturbateur débarque ! me réveille une voix.

J'ai à peine le temps de comprendre le sens de sa phrase qu'elle se jette sur moi. Heureusement que je suis allongé sur le ventre. Annabeth m'ébouriffe les cheveux pour me réveiller. À vrai dire, elle n'a pas vraiment besoin de ça. Rien que de repenser au baiser que l'on a échangé avant de se coucher, j'ai le sourire aux lèvres et l'envie de recommencer me tient en éveil.

J'ouvre les yeux. Le volet à moitié fermé de ma chambre laisse passer la lumière du jour. Je me doute que la matinée est déjà bien avancée.

— Qu'est-ce que tu fais là ? je lui demande d'une voix encore ensommeillée.

— La chambre de ta sœur est bien sympa, mais… me répond-elle.

— Mais ?

— Un peu vide. Je m'ennuyais, avoue-t-elle en s'assoyant sur la moitié du lit que je n'occupe pas.

Je bascule sur le dos et la regarde croiser les jambes pour mieux s'installer. Mon tee-shirt, beaucoup trop grand pour elle, lui va à ravir.

— Visiblement, la tienne n'est pas beaucoup mieux, ajoute-t-elle en jetant un regard circulaire à la pièce.

Je l'attrape par le bras et la fais basculer sur le dos pour me venger de cette petite pique. Annabeth se met à rire.

Alors que je retombe sur le dos, la couverture me découvre le torse et expose la cicatrice que je porte au niveau de l'abdomen. Je ne reste jamais trop longtemps à la regarder. J'ai trop de mal à réaliser que c'est Matthieu qui en est l'auteur, pour une histoire de vengeance. Peut-être que je suis aussi en tort et que je n'aurais pas dû intervenir il y a trois ans. Maintenant, je dois vivre avec.

Je sens le regard d'Annabeth posé dessus, et j'ai même l'impression qu'elle va lever la main pour la toucher. Mais je rabats la couverture avant qu'elle ne puisse faire quoi que ce soit.

— Est-ce que c'est douloureux ? me demande-t-elle.

Je tente d'abréger la conversation :

— Je n'ai pas envie d'en parler.

Mais Annabeth n'est pas du même avis. Elle se redresse sur un coude et me regarde droit dans les yeux.

— Tristan, si on doit sortir ensemble, alors il nous faut aborder cette agression.

— Tu veux sortir avec moi ? lui souris-je en levant ma main vers sa joue.

— Je ne repousse pas l'idée. Mais… poursuit-elle en retirant ma main de son visage, mais là, tu es en train de changer de sujet.

Je retombe la tête sur l'oreiller et soupire un grand coup. À côté de moi, Annabeth se rassoit en tailleur.

— Ce soir-là, j'ai probablement eu la plus grande peur de ma vie. Je sais qu'on ne se connaissait quasiment pas et que ça pourrait paraître étrange. Mais il n'est pas question de sentiments amoureux, c'est juste que nous venions de passer deux heures à discuter et que, soudainement, ce type a débarqué et je me suis retrouvée à vous regarder vous battre, débite-t-elle d'une traite. J'étais incapable d'avoir une réflexion sensée. J'ai essayé de vous séparer et, la seule chose que j'ai réussi à faire, c'est de me retrouver moi aussi avec un coquart.

J'interviens en secouant la tête :

— Non…

Je ne veux pas qu'elle se sente coupable de ne pas avoir pu nous séparer. Je refuse qu'elle puisse se sentir mal par rapport à cette histoire. Même si j'ai, malheureusement, l'impression qu'à son tour elle est un peu impliquée dans toute cette histoire. Rien que par sa présence à ce moment-là.

— Laisse-moi terminer, me coupe-t-elle sévèrement.

Elle baisse les yeux vers ses mains avant de reprendre la parole :

— J'étais derrière toi quand il a sorti ce couteau. Je ne l'ai pas vu faire. Je n'ai pas compris quand tu t'es effondré par terre et que peu à peu le sang a commencé à tacher ton vêtement, continue-t-elle en désignant mon torse d'un geste large. Je ne sais pas comment j'ai fait pour avoir la présence d'esprit d'appeler les urgences. J'ai même du mal à me souvenir de l'avoir fait. Quand je t'ai vu perdre connaissance, toute notre soirée m'est revenue en tête et je m'en suis voulu de t'avoir embrassé quelques minutes avant. Je ne sais absolument pas comment l'expliquer, mais j'avais le pressentiment qu'après cet accident tu aurais comme…

Elle cherche ses mots :

— … comme besoin de régler des affaires personnelles. De te régler toi, en quelque sorte. Je ne suis pas en train de dire que tu es un garçon à problèmes. Je n'ai aucune idée de la raison de cette bagarre entre ce mec et toi. Mais au fond de moi je savais que tu avais besoin de temps. C'est en partie pour ça que je ne me suis pas rendue à l'hôpital, sans compter le fait que j'étais consignée à domicile.

Annabeth s'arrête un instant. Je l'écoute avec attention, en prenant conscience de ce qu'elle est en train de me dire. Bizarrement, je mets en lien ce qu'elle dit et le discours du policier lors de mon interrogatoire.

Tous les deux semblent penser que je suis en manque de réponses, qu'il y a quelque chose qui m'empêche d'avancer. Et que cela aurait un rapport avec Lisa et Matthieu.

— Quand tu as décidé de tout arrêter, je me suis dit que tu avais pris la bonne décision. Même si c'était terrible à entendre parce que, avant l'incident, j'avais vraiment passé l'une des meilleures soirées de ma vie, soupire-t-elle, un demi-sourire aux lèvres. Je voulais que tu te forces à m'oublier complètement pour que tu prennes conscience de ce que tu avais besoin de faire pour toi. Et je me devais d'essayer de t'oublier aussi si jamais tu décidais de ne plus revenir. Mais qu'est-ce que tu peux être têtu, Tristan, me lance-t-elle.

Je la regarde en coin pour vérifier qu'elle est bien en train de se moquer de moi et qu'elle n'est pas si sérieuse que ça en le disant. Et puis je réalise que, en à peine quelques heures, deux des personnes auxquelles je tiens le plus en ce moment m'ont traité d'idiot ou de tête de mule.

— Et il y a eu cet exposé d'histoire à faire en binôme. Avec toi.

— Fichu exposé, je lance en rigolant.

— Rien que l'idée de travailler avec toi me torturait, Tristan. Je savais que je ne pourrais pas m'empêcher de m'intéresser à toi. Et, contrairement à ce que je pouvais penser au début, je commençais à trouver que ta compagnie était supportable, hésite-t-elle à avouer.

— Et je t'ai proposé qu'on soit seulement amis dans un premier temps.

— Et j'ai été soulagée. Je me suis dit que si tu n'étais pas prêt à sortir avec moi, alors c'est que tu avais fini par comprendre que quelque chose n'allait pas dans ta vie. Et quelle porte ouverte pour continuer à apprendre à nous connaître ! s'exclame-t-elle.

Je souris à sa façon si joyeuse d'écarter les bras en grand pour accompagner sa phrase.

— J'ai appris à te connaître chaque jour du mois que nous avons passé à être amis. Sincèrement. Je commence même à me faire à tes mauvais côtés comme la prétention, innée en ce qui te concerne, rit-elle. Et à tes bons côtés aussi.

— Lesquels ? je l'interroge pour pouvoir me vanter juste après.

— Ta fidélité.

J'avoue que je peux difficilement me vanter de cette qualité. J'ai très bien compris qu'elle voulait parler de ma fidélité en amitié, avec Manuel plus précisément, et c'est vrai qu'il n'a jamais été question d'y mettre un terme. D'ailleurs, Annabeth et Manuel se ressemblent beaucoup et je pense que je peux lui être aussi fidèle.

— Je n'ai aucune idée du temps que cela va te prendre. Et même si notre baiser d'hier soir était…

— Le meilleur de tous ? je la taquine.

— À voir, rétorque-t-elle.

Je fais semblant de mal prendre sa réponse. Mais je sais qu'elle est du même avis que moi. Parce que, ce moment, nous l'avons vraiment partagé à deux, ensemble.

— Je suis prête à t'attendre, déclare-t-elle.

Je m'assois à mon tour pour me retrouver face à elle et j'encadre son visage de mes deux mains.

— C'est tout ce que je te demande, je lui réponds.

Je dépose un baiser sur son front et on se rallonge tous les deux sous la couverture. Je passe mon bras sous le cou d'Annabeth et l'incite à se rapprocher un peu plus de moi.

Il faut que j'obtienne les réponses dont j'ai besoin. Le plus vite possible. Et je sais déjà vers qui me tourner. Mais, pour l'instant, j'ai juste envie de sentir la présence d'Annabeth près de moi et de profiter de ce moment.

Je regarde Annabeth monter dans la voiture de son père et j'attends de les voir partir avant de fermer la porte. Elle tourne la tête une dernière fois vers moi et sourit. Je lui réponds d'un signe de la main. Je ressens déjà son absence.

La voiture disparaît derrière la maison du voisin. Je referme la porte et remonte dans ma chambre. J'ai envie de me replonger dans mon lit, là où Annabeth et moi nous nous trouvions il y a à peine vingt minutes. Je suis sûr que les draps ont gardé son odeur. J'ai déjà le pressentiment que je ne dormirai pas de la même façon dedans, ce soir. Je ne pourrai pas m'empêcher de penser qu'elle se tenait là, à côté de moi. Que l'on était si proches. Que l'on a partagé ce moment en toute innocence.

CHAPITRE 29

Après une nouvelle journée de cours pesante, je me change pour enfiler ma tenue de sport et redescends dans le garage pour mon entraînement quotidien. Je m'échauffe comme d'habitude. Je me donne comme objectif d'enchaîner deux séries d'exercices. Ça devrait me prendre près de deux heures.

Au bout de deux heures intensives, je sens mes muscles engourdis par l'effort. Cette sensation d'acte accompli est tellement agréable. J'ai bien cru que je n'arriverais pas au bout mais j'ai résisté et j'y suis parvenu. Je mérite une bonne douche.

Lisa gare sa voiture à ce moment-là devant la porte du garage. Elle est rentrée hier de Paris pour son interrogatoire avec la police, dont elle revient justement. Et elle repart ce soir. Elle s'est débrouillée pour faire l'aller-retour dans les plus courts délais. En même temps, son patron doit commencer à en avoir marre de toujours la voir partir puis revenir.

Lisa descend de sa voiture et entre dans le garage.

— Je t'emmène manger un morceau ?

Je réfléchis deux secondes à sa proposition et finis par accepter. Ce sera le moment idéal pour discuter de toute cette affaire concernant Matthieu, comme Annabeth me l'a conseillé lors de la soirée de la semaine dernière.

Une fois habillé, je descends rejoindre Lisa. Dans la voiture, personne ne parle. Je m'aperçois que j'ai les mains moites et que je n'arrête pas de les frotter contre mon jean. Je pense que nous sommes tous les deux très tendus. Mais on est obligés d'en passer par là pour que les choses s'améliorent entre nous deux et pour nous deux.

Je ne cherche pas à avoir une relation fusionnelle avec ma sœur. Je veux juste qu'on puisse se parler. Pouvoir l'appeler quand j'ai un problème ou simplement pour prendre de ses nouvelles. Sans que le silence s'installe aussitôt parce que l'on a trop peur de se dire les choses. De toute façon on est liés pour toujours par le sang, alors faisons en sorte d'être en bons termes.

À table, la conversation tourne très vite court. Lisa m'interroge sur le bac qui approche. Je lui rends la pareille en lui demandant si tout se passe bien dans son travail. Au bout d'un moment, je prends une grande inspiration et lève la tête de mon assiette.

— On en parle ? je lui demande.

Elle fait l'innocente :

— De quoi ?

— De ce qu'on fait là. De toi. Et de Matthieu. Il y a plein de choses à dire. Plein de choses à avouer. Tu me caches des trucs sur lui et toi, je le sais. Tu ne m'as jamais expliqué les raisons de votre séparation, et il est évident que cela a un rapport avec ce qu'il m'a fait dans le parc l'autre soir. Lisa, c'est toi qui m'as amené ici et, si ce n'est pas pour parler de ça, alors c'est pour quoi ?

— Je veux juste essayer d'arranger les choses entre nous.

— Mais, pour ça, il faut qu'on en parle. Tu as peut-être envie de vivre en te mentant à toi-même, en refoulant tout ça, en pensant que tu finiras par oublier et que les choses vont redevenir comme avant entre toi et moi, mais ce n'est pas le cas. Premièrement parce qu'on n'oublie pas son premier amour et deuxièmement parce que je porte la cicatrice de votre histoire sur mon corps, dis-je en haussant le ton. Si tu m'avais appris les choses plus tôt, peut-être qu'on n'en serait pas là aujourd'hui. Je veux juste savoir, Lisa. Je pense que j'en ai le droit.

Elle souffle un grand coup avant de prendre la parole :

— Au début, tout se passait bien entre Matthieu et moi.

J'arrête de manger pour l'écouter.

— Quand j'ai eu cette opportunité de partir à New York, je lui ai proposé de venir avec moi, poursuit-elle. Mais il a refusé parce qu'il ne pouvait pas risquer de perdre son travail. Et qu'il voulait continuer à vous entraîner, Manuel et toi.

— Tu lui as posé un ultimatum ? je demande.

— Non. Jamais je n'aurais pu lui imposer mon choix. On a convenu qu'on allait continuer comme on faisait jusqu'à maintenant. J'ai rencontré beaucoup de mes amis là-bas. Et les choses ont commencé à se dégrader entre nous. Matthieu est devenu très jaloux. On a souvent rompu pendant une longue période. En plus de ça, maman est tombée malade.

— Et tu n'es jamais venue la voir.

— Tristan, si tu veux tout savoir, laisse-moi parler, s'énerve-t-elle. Sur ça non plus tu ne sais pas tout. Parce que j'ai essayé de revenir. Pour maman, pour papa et pour toi. Mais maman refusait que j'abandonne New York pour la retrouver. Tu as toujours cru que je l'avais laissée tomber, mais c'est faux. Je peux t'assurer que j'appelais maman tous les jours. Jusqu'au dernier.

Je vois les larmes lui monter aux yeux. Chacun de son côté nous nous rappelons l'état dans lequel nous avons vu ou entendu maman pour la dernière fois. Je ne me serais jamais douté qu'elles se parlaient tous les jours. Ni elle ni maman ne m'ont jamais rien dit. Et pourquoi ? Pourquoi elles ne m'ont pas mis au courant ?

Pourquoi Lisa n'a pas pris la peine de prendre de mes nouvelles, à moi aussi ?

Lisa reprend son souffle, alors que je sens mon cerveau me poser un million de questions.

— Maman me faisait promettre tous les jours que je ne quitterais pas les États-Unis pour vous retrouver. Je la soupçonne de m'avoir souvent menti sur son état.

— Alors pourquoi tu ne m'as pas appelé, moi, pour t'en assurer ?

— Parce qu'elle refusait de s'avouer vaincue par la maladie ! s'exclame-t-elle en réponse à mon exclamation. C'était plus facile pour elle que je lui parle en ignorant son véritable état. Je pouvais alors lui redonner un peu d'espoir. Je ne voyais pas son visage, je ne voyais pas à quel point la maladie pouvait l'affaiblir. Si j'avais pu, je me serais tout de suite rendu compte qu'elle n'avait aucune chance de survivre.

— Je suis désolé, j'avoue.

— De quoi, Tristan ?

— De… D'avoir cru que tu ne souffrais pas de tout ça. D'avoir pensé que tu t'en fichais, de maman. De t'avoir accusée de nous avoir laissés tomber.

— Mais tu n'avais pas complètement tort. Je t'ai laissé tomber. C'est vrai. Parce que, moi non plus, je ne me suis pas rendu compte à quel point les choses pouvaient être difficiles pour toi. Je n'ai pas su comprendre que tu perdais maman à seulement quinze ans et ce que cela signifiait. J'ai été égoïste. Je ne me suis préoccupée que du fait que, moi, je la perdais. Et j'en suis aussi désolée que toi, réussit-elle à expliquer entre deux sanglots.

Je m'essuie les joues du revers de la main. Je n'aurais pas cru que crever l'abcès serait si douloureux. Faire resurgir les souvenirs de ces moments difficiles. Mais, en même temps, ça apporte un bien fou. On se sent comme libérés d'un poids qui pesait sur chacun de nous. On a enfin pu se dire comment les choses ont été vécues pour l'un et l'autre. Et on a surtout pu s'excuser. Je crois que c'est le plus important. Je ne sais pas si dorénavant on va se parler plus. Mais les choses seront forcément différentes maintenant.

Je relance la conversation :

— Et Matthieu alors ?

— Je ne supportais plus sa jalousie excessive. Et, comme tu le sais, j'ai définitivement mis un terme à notre relation. Mais il n'était pas d'accord. Je ne m'en suis pas préoccupée. J'ai continué de faire ma vie à New York. C'était facile de ne pas répondre à ses appels, et je n'avais aucune chance de le croiser dans la rue. Jusqu'à ce que maman décède et que je rentre à la maison pour l'enterrement.

— Il t'a retrouvée.

— Oui. Et il a voulu que l'on s'explique. Ce qu'on a fait. Mais il ne voulait rien entendre. Il était persuadé que j'allais accepter que l'on se remette ensemble.

— Mais tu as refusé.

— Il a essayé de m'embrasser à plusieurs reprises, mais je l'ai repoussé. Et ça n'a fait qu'augmenter sa colère. Il était dans une rage noire. Je ne l'avais jamais vu comme ça. Il m'a griffée au visage et je... J'étais pétrifiée. Je me suis défendue comme j'ai pu en le menaçant, et il a fini par se rendre compte de ce qu'il venait de faire. Il s'est totalement transformé. D'un coup. Il est passé de la rage absolue au désespoir. J'ai bien cru qu'il allait se mettre à pleurer. Il s'est excusé. Un million de fois. Mais j'étais tellement choquée que je suis juste rentrée à la maison. Tu connais la suite.

— Je me suis battu contre lui. Tu es partie à Paris. Et Matthieu a disparu.

— Jusqu'à il y a deux mois. Il a trouvé mon nouveau numéro de téléphone. Il voulait encore que l'on parle. Il avait bu. Beaucoup trop. J'ai essayé de lui faire comprendre que l'on n'avait plus rien à se dire, que les choses étaient terminées depuis longtemps entre nous et que l'on ne se remettrait jamais ensemble. Mais il m'a menacée en t'utilisant toi.

— Qu'est-ce qu'il a dit ? je demande.

— Il a dit que – cette fois sa voix s'étrangle d'angoisse –, qu'il n'hésiterait pas à se servir de toi pour me blesser comme je l'avais blessé.

— Et tu l'as cru ?

— Non. Non, parce qu'il était tellement bourré que je me suis persuadée que c'étaient des paroles en l'air et qu'il n'en viendrait pas à te faire du mal. Je me suis dit qu'il aurait oublié cette conversation en se réveillant le lendemain matin.

— Sauf qu'il n'a rien oublié du tout.

— Et qu'il s'est vengé sur toi. Je… Je ne pensais vraiment pas qu'il mettrait ses menaces à exécution. Je ne voulais pas t'impliquer là-dedans.

— Lisa, je me suis impliqué tout seul. Quand je me suis battu contre lui à la salle de sport. Je n'avais pratiquement aucune chance de le mettre à terre et on a fini bien amochés tous les deux. Mais il savait très bien pourquoi je le faisais. Pour te protéger. Je sais qu'on n'était pas en super termes tous les deux. Mais je refuse qu'un mec frappe une fille. Que ce soit ma sœur ou une autre.

— Merci, Tristan.

— De rien.

— Non, vraiment. Merci de ce que tu as fait pour moi. Pour nous.

— Je l'ai fait avant tout pour moi. Pour pouvoir avancer.

CHAPITRE 30

Ce matin, j'ai décidé de me lever tôt pour aller chercher Annabeth chez elle. Je m'habille et je descends prendre un rapide petit déjeuner. Papa est déjà attablé.

— Salut, je lance.

Papa tourne la tête vers moi, surpris de me voir m'annoncer de si bon matin.

— Bonjour, répond-il.

— Bien dormi ? je lui demande en me servant un verre de jus de fruits.

— Oui. Et toi ?

— Ouais.

Je m'assois en face de lui et je mange en le laissant lire son journal. Quand j'ai terminé, je quitte la cuisine.

— Bonne journée, Tristan.

En entendant ces mots, je me fige au milieu de l'entrée. Je n'en reviens pas que l'on ait réussi à s'adresser plusieurs politesses en l'espace d'une demi-heure à peine. Mais tant mieux. Il y a beaucoup de choses à régler entre lui et moi. En repensant à ma conversation avec Lisa, je me suis rendu compte que je pourrais essayer d'arranger ma relation avec papa aussi. Mon changement de comportement va se faire avec le temps, et peut-être que cela va nous aider à mieux communiquer.

Je récupère mon sac de cours et je sors. Je monte sur ma moto et je roule en direction de la maison d'Annabeth. Je connais le chemin par cœur, maintenant. Je m'arrête sur le trottoir devant sa maison. Je jette un coup d'œil à l'heure sur mon portable. Je suis un peu en avance.

Au bout de quelques minutes, la porte d'entrée s'ouvre enfin. Annabeth prend soin de la refermer et, avant qu'elle s'aperçoive de ma présence, je m'exclame :

— Ton preux chevalier, à ton service.

J'ouvre les bras en grand. Annabeth se retourne, surprise. Elle s'avance pour me rejoindre et s'arrête à quelques pas de moi.

— Qu'est-ce que tu fais là ?

— Je t'emmène au lycée.

— Avec ça ? me demande-t-elle en montrant du doigt ma moto.

Je hausse les épaules.

— Quoi ? Tu as peur ?

— Je n'en ai jamais fait, avoue-t-elle.

— Il n'y a rien de plus facile.

— Si. Prendre le bus. Tu n'as qu'à t'asseoir dedans et attendre qu'il te dépose là où tu veux aller, rétorque-t-elle.

— Très drôle, lui fais-je remarquer. Tu vas voir, tu vas adorer.

Je lui tends un casque que j'ai récupéré dans le garage. Annabeth semble hésiter. Mais finalement elle l'enfile et commence à se débattre pour l'attacher. Je m'approche d'elle pour l'aider. Je retire ses mains de l'attache. Ça doit faire au moins quinze jours, depuis la fête chez moi, que l'on ne s'est pas retrouvés seuls et aussi proches l'un de l'autre. Mais ça va être difficile de l'embrasser avec ce truc sur le crâne.

Elle se moque d'elle-même en bougeant la tête :

— Je ne ressemble pas trop à ces petits chiots qui ont leur grosse tête qui bouge tout le temps dans les voitures ?

— Un peu, ris-je.

C'est vrai que le casque lui fait comme une grosse tête dressée tout en haut d'un petit corps mince. Mais ça me plaît de la voir comme ça. J'enfile mon casque et j'enfourche ma moto.

— Qu'est-ce que je suis supposée faire ? m'interroge-t-elle.

— Monter dessus.

Je lui tends ma main et elle l'attrape fermement pour s'asseoir derrière moi.

— Et maintenant ?

— Tu n'as qu'à suivre le mouvement de mon corps.

Timidement, Annabeth glisse ses mains autour de ma taille. Je démarre le moteur. Les mains d'Annabeth se resserrent automatiquement. J'en souris. Je vérifie mon rétro et prends la route. J'accélère peu à peu. Dans les virages, elle s'accroche fermement. Je la soupçonne même de fermer les yeux. Une fois arrivé au lycée, je me stationne sur le parking réservé aux motos et coupe le moteur. Annabeth desserre son étreinte. Je retire mon casque et j'attends qu'elle descende. Je l'aide à retirer son casque à son tour.

— Alors, c'était comment ?

— Horrible. Plus jamais je ne remonte sur un truc pareil.

— Pourtant tu as été parfaite, je la rassure.

On marche côte à côte dans les couloirs du lycée.

— J'ai eu trop peur dans ce virage près de la station-service. J'ai bien cru qu'on allait se ramasser.

Annabeth s'arrête à son casier et je m'adosse à celui d'à côté. Pendant qu'elle l'ouvre et qu'elle fouille dedans à la recherche de manuels pour les cours, je lui raconte la première sortie que j'ai faite à moto. Quand je lui explique comment je me suis retrouvé par terre, elle explose de rire. En même temps, c'était tellement ridicule.

Annabeth claque la porte de son casier et s'y adosse aussi. Nos épaules sont en appui l'une contre l'autre. Je tourne la tête vers elle. Rien que de la regarder là, j'ai envie de l'embrasser. Comme je ne veux pas le faire devant tout le lycée, je me contente de mêler mes doigts aux siens. Annabeth tourne la tête, le sourire aux lèvres. Elle lève nos mains jointes entre nous deux.

— Tu es bizarre aujourd'hui, Tristan, m'annonce-t-elle, mi-amusée, mi-perplexe.

— Peut-être que je suis…

— Salut, me coupe une amie d'Annabeth.

Je retire immédiatement ma main de celle d'Annabeth, qui la laisse retomber le long de son corps.

— On se voit en cours, je lui lance avant de partir.

Un peu plus loin, je me retourne une dernière fois vers Annabeth. Mais elle est occupée à parler avec ses amies.

Je rentre en classe et je m'installe alors que la salle est encore vide. Peu de temps après, la sonnerie résonne dans le couloir et peu à peu la classe se remplit. Annabeth s'installe à sa place et le prof lance son cours dès son arrivée.

J'essaye de rester concentré sur ce que nous explique le prof, mais je ne peux pas me retenir de tourner la tête vers Annabeth pour la regarder. Elle, en revanche, sait parfaitement faire abstraction de ma présence. Ce qu'elle ne sait pas, c'est que je me sens prêt et que je veux le lui dire. Mais je ne trouve jamais le moment de le faire.

La journée passe et je n'ai pas pu parler à Annabeth. À chaque fin de cours, l'une de ses amies m'empêchait de la retenir ou alors Manuel débarquait pour me sauter dessus. Il engageait la conversation avec Annabeth et je les écoutais parler.

À la fin du dernier cours de la journée, je propose à Annabeth de la ramener chez elle.

— À moto ? m'interroge-t-elle.

— La deuxième fois, c'est toujours plus agréable. Tu tentes le coup ?

— OK, répond-elle après un instant d'hésitation.

On se retrouve sur le parking et je l'aide, comme ce matin, à enfiler son casque. Cette fois, elle monte toute seule sur la moto en s'appuyant sur mes épaules. Tout le long du trajet, je sens qu'Annabeth commence à se détendre. Son étreinte me compresse moins la taille.

Devant chez elle, elle descend de la moto et parvient à retirer son casque seule. Je descends à mon tour et nous restons tous les deux, face à face, à nous regarder. Je suis incapable de construire une phrase correcte dans ma tête pour lui parler. Je me sens gêné. Je passe ma main dans mes cheveux.

— Merci pour le transport.

— Tu veux que je revienne demain matin ? je lui demande.

— Pourquoi ? La troisième fois, c'est là que tu prends vraiment ton pied ? sourit-elle.

— Peut-être bien que oui, je réponds en souriant aussi.

— Si tu fais ça, tu vas être obligé d'aller en cours, me prévient-elle.

— Je pense que je peux survivre à ça. Avec toi.

Annabeth baisse la tête, gênée.

— Il faut que j'y aille, dit-elle en se tournant vers sa maison.

— Qu'est-ce que je fais alors, pour demain ? je lui lance.

— Fais comme tu veux. Prends des initiatives, Tristan, me répond-elle sans se retourner.

Je la regarde rentrer chez elle et je regrette instantanément de ne pas lui avoir dit ce que je voulais. Je me tourne vers ma moto et m'interroge sur ce que je dois faire. Là. Maintenant. Attendre le moment parfait ou prendre des initiatives.

Je me retourne et marche jusqu'à sa porte. Je frappe et c'est elle qui m'ouvre.

Les mots se précipitent dans ma bouche :

— J'ai oublié de te dire quelque chose.

— Je t'écoute.

— Je… J'ai parlé à ma sœur. J'ai appris des choses. Des choses que j'avais besoin d'entendre depuis longtemps. Sur ma mère. Sur Lisa et Matthieu. J'ai enfin trouvé les réponses à mes questions. Et je sais que j'ai encore du chemin à faire pour devenir le petit ami que tu mérites. Parce que je suis loin d'être parfait. Mais le simple fait d'être avec toi me donne envie de changer et d'être meilleur. Je ne veux plus être ton ami, Annabeth. Je ne peux plus faire semblant.

— Semblant de quoi ? me demande-t-elle en s'avançant vers moi, réduisant l'écart entre nous.

— Faire semblant de ne pas t'aimer.

Elle s'approche un peu plus :

— Pourquoi ?

— Parce que c'est faux, je réponds dans un souffle.

— Alors qu'est-ce qui est vrai ? chuchote-t-elle.

J'essaye de contrôler mon rythme cardiaque, mais c'est peine perdue. Parce que c'est exactement comme mes sentiments. Je ne peux pas les contrôler. J'aime Annabeth. J'aime cette fille et je vais le lui dire.

Je pose mes mains sur ses joues et je les caresse. Je me penche vers sa bouche. Mais, avant que je ne l'embrasse, Annabeth m'arrête :

— J'ai besoin que tu me le dises, Tristan.

J'embrasse le coin de ses lèvres et je sens les mains d'Annabeth s'accrocher à mon tee-shirt.

— S'il te plaît, me supplie-t-elle.

Je l'embrasse comme elle l'avait fait lors de notre premier rendez-vous, quand je lui avais demandé de le faire. Je veux juste savourer le goût de ses lèvres.

— Je t'aime, Annabeth, je murmure.

Ses mains remontent sur ma nuque et, comme dans la chambre la dernière fois, elle réduit l'écart entre sa bouche et la mienne. C'est encore un tout nouveau baiser que nous échangeons. Celui-ci est empli de nos sentiments réciproques. En s'embrassant, on sait que ce n'est pas un défi ni un coup de passion mais bien le premier d'une longue liste. Et je ne peux pas me retenir de sourire en embrassant la fille que j'ai tant attendue et que j'aime comme je n'ai jamais aimé, pour ce qu'elle est. Pour ses défauts et ses qualités. Et surtout pour le fait qu'elle m'aime pour ce que je suis.

ÉPILOGUE 1

— On ne peut pas faire mieux, me surprend une voix masculine.

Je me retourne. Manuel est adossé au chambranle de la porte de ma chambre. Dans son costume noir, il ne paraît pas aussi menaçant que dans sa veste en cuir. Et ses cheveux blonds qui ressortent le font paraître plus sage. Il s'approche et me rejoint devant le miroir en pied que j'ai emprunté, quelques heures plus tôt, dans la chambre de ma sœur. Évidemment, il va vite retourner à sa place après cette soirée.

Nous observons nos reflets. Je ne me sentais pas capable de reporter un costume noir après celui que j'ai mis à l'enterrement de ma mère. J'ai donc opté pour un costume bleu foncé, qui fait ressortir le bleu de mes yeux selon la vendeuse qui me l'a conseillé. Je n'ai pas été habillé comme ça depuis trois ans et cela me fait tout drôle. Mais je me rappelle que c'est seulement pour une soirée. Et pour une bonne soirée.

Je remarque que Manuel a choisi le nœud papillon. Il ne cesse d'essayer de le garder droit. Tandis que, pour moi, ce sera une simple cravate. Fin prêts, nous redressons les épaules et nous dirigeons vers le rez-de-chaussée. Avant de franchir la porte d'entrée, je m'aperçois que la porte du bureau de mon père est ouverte. Je m'arrête devant et j'hésite à me signaler. Papa est assis à son bureau, les yeux rivés sur des papiers. Avant même qu'il n'ait levé la tête, j'ai l'impression de redevenir un petit garçon, craignant son avis. Avec l'âge, j'ai appris à ne plus me fier à son jugement me concernant. Mais, en ce moment, on essaye tous les deux, chacun de son côté, de faire des efforts.

D'un geste fatigué, il retire ses lunettes et se frotte le visage. C'est à ce moment-là qu'il remarque ma présence. Il se lève de son fauteuil et s'avance vers moi. De façon assurée, il refait mon nœud de cravate et inspecte le col de ma veste. Un timide sourire se forme sur ses lèvres.

À cet instant précis, ce n'est plus l'homme aigri et sans cœur que j'ai devant moi. Je retrouve le père qui fait de son mieux pour démontrer son amour. Malgré toutes les erreurs qu'il a pu commettre dans sa vie, je le prends dans mes bras. Après quelques secondes d'étonnement, il accepte mon étreinte.

— Mon fils, chuchote-t-il à mon oreille d'une voix étranglée.

Quand je m'écarte, il baisse la tête pour masquer son émotion.

— Amusez-vous bien, déclare-t-il d'un ton plus assuré, retrouvant son aplomb habituel.

— On n'y manquera pas, je réponds.

— Mais pas de bêtises.

— Oui, monsieur Journe, assure Manuel.

On quitte la maison. Avec Manuel, nous avons décidé de faire du covoiturage. Sa mère a accepté de nous prêter sa voiture pour la soirée. On s'arrête d'abord chez Valentine. Manuel descend la chercher. Ensuite, on se rend chez ma cavalière. Devant chez elle, une boule d'angoisse se forme dans ma gorge. C'est le soir des grandes émotions, on dirait. Je ne vais pas tenir sur la longueur si ça continue.

Je frappe à la porte.

— Tristan, entre, m'accueille sa mère.

— Merci, madame.

Tout le monde semble s'être réuni dans le salon, attendant l'évènement avec impatience. Jared tient son petit frère dans ses bras. À côté de lui, la petite Mathilde saute dans tous les sens, excitée de voir sa grande sœur arriver.

— Elle ne devrait plus tarder, m'informe sa mère.

Les secondes semblent passer comme des heures. Mon pied commence à taper nerveusement le sol. J'ai la pression. Et puis le bruit d'une porte qui s'ouvre attire notre attention à tous. En haut de l'escalier, perchée sur des hauts talons, vêtue d'une magnifique robe bleu marine évasée jusqu'au-dessus du genou, avec ses longs cheveux bouclés pour l'occasion, Annabeth apparaît enfin. J'ai soudain très chaud.

Elle descend prudemment les marches de l'escalier et je lui tends ma main, qu'elle accepte en me remerciant d'un sourire timide. Elle aussi semble nerveuse. Elle garde une certaine distance entre nous deux à cause de la présence de ses parents.

Sa mère insiste pour nous prendre en photo plusieurs fois et nous laisse enfin sortir. Je lui ouvre la portière de la voiture et nous nous laissons conduire au bal de promo de notre lycée par Manuel.

Annabeth à mon bras, nous pénétrons dans la salle polyvalente réquisitionnée pour l'occasion. Le groupe de terminale chargé de l'organisation s'est démené pour la décorer. La musique résonne et certains sont déjà sur la piste de danse.

Au fond de la salle, je repère Lucas et Paul. On les rejoint. Lucas s'est dégotté une fille avec qui il sort depuis une semaine à tout casser. Notre bon vieux Paulo est encore seul mais il ne s'en plaint pas, affirmant qu'il va vite se trouver quelqu'un. On le croit sur parole.

Annabeth me glisse à l'oreille qu'elle va voir ses amies un instant. Je lui dépose un baiser furtif sur le front avant qu'elle s'éloigne.

Depuis que j'ai réussi à lui dire que je l'aimais, je ne peux plus la quitter. Chaque jour à ses côtés me fait devenir meilleur. Ma carapace de bad boy est littéralement en train de fondre. Je ne peux m'empêcher d'être près d'elle, de la toucher, de ressentir ces frissons qui me parcourent la colonne vertébrale. Je l'aime comme un fou. Mais on essaye de s'accorder du temps chacun de son côté pour profiter de moments avec nos amis respectifs.

Une musique lente se déclenche et tous les couples se réunissent sur la piste de danse. Valentine force Manuel à y aller et il finit par céder, comme toujours. Soudain des bras s'enroulent autour de ma taille. Je me retourne et Annabeth m'offre son plus beau sourire.

— Accepterais-tu cette danse ? je lui propose.

— Avec plaisir.

Plongé au milieu des couples, je passe mes mains derrière son dos et elle noue les siennes autour de mon cou, caressant mes cheveux. En cet instant, je ne pense à rien d'autre qu'à profiter du moment présent.

Annabeth fait souvent allusion à l'année prochaine, et au fait que nous allons probablement nous retrouver dans des universités différentes. Mais j'ai toujours refusé d'y réfléchir. Je n'aime pas penser à l'avenir et c'est une chose qui n'est pas près de changer chez moi. Je ne suis ni du genre pessimiste ni du genre optimiste. Je me fie juste au présent et je profite des moments qu'il m'est donné de passer avec elle. Annabeth lève la tête et plonge ses yeux sombres dans les miens.

— À quoi tu penses ? me questionne-t-elle.

— À toi.

Elle sourit. Je me penche vers elle et, délicatement, je pose mes lèvres sur les siennes. Ses baisers m'enivrent et je ne m'en lasse pas.

— Je t'aime, je déclare.

— Je t'aime aussi.

S'accrochant plus fermement à mon cou, Annabeth pose à son tour sa bouche sur la mienne. Je me délecte dans ses bras et l'embrasse plus encore, amoureux comme jamais.

ÉPILOGUE 2

En ce jour de résultats du bac, tous les élèves s'activent devant les listes à l'entrée du lycée. Tous cherchent leur nom en croisant les doigts pour qu'il leur apparaisse en signe de victoire. Pour ma part, je ne suis pas très pressé de savoir.

Avec les gars, nous avons bossé dur. On a accepté la proposition de Valentine et d'Annabeth pour travailler tous ensemble. Et je pense qu'on a plutôt réussi à réviser. Même si quelquefois on s'égarait un peu. Mais c'est nécessaire quand on essaye d'ingurgiter des tonnes de connaissances en histoire, en sciences économiques et sociales ou en maths.

Notre organisation était bien rodée grâce aux filles, qui avaient mis en place tout un programme de révisions. Valentine, qui n'est qu'en seconde, s'occupait de nous poser des questions sous forme de blind-test pour les dates d'histoire et de géographie. Annabeth se chargeait de nous faire réviser la philosophie, Manuel les maths, et moi les sciences économiques et sociales. Lucas et Paulo se partageaient les langues.

Nous nous réunissions quasiment tous les soirs chez l'un de nous. Au départ, papa avait du mal à croire que je sortais pour étudier. Mais, quand on a révisé à la maison, il a pu voir par lui-même que nous ne rigolions pas du tout. On s'est tous fixé un objectif et on veut tous l'atteindre.

Ce matin, on doit se retrouver devant les portes du lycée. J'ai eu énormément de mal à me lever. Je me suis remémoré toutes les épreuves pour me demander si je pouvais avoir réussi. Parce que, en débarquant en terminale, je me fichais pas mal d'avoir ce diplôme. Mais maintenant, je n'ai pas envie de redoubler ma terminale alors qu'Annabeth sera à l'université. Et je n'ai pas envie de décevoir mon père après tous les efforts que j'ai fournis ces derniers mois.

J'arrive le dernier à notre point de rendez-vous, où mes amis m'attendent avec impatience. J'embrasse Annabeth et tous se précipitent sur les listes. Je leur laisse une marge d'avance. Je sens le stress monter à la découverte imminente des résultats.

Je me fraye un chemin parmi les autres terminales pour accéder aux listes. Par-dessus l'épaule d'une fille, je trouve mon nom. Je me sens souffler un bon coup. Je n'ai pas obtenu de mention, mais je ne pouvais pas demander la lune non plus. Je suis satisfait. Je n'ai pas besoin d'aller au rattrapage.

Je retrouve Valentine, Lucas et Paul.

— Alors ? je leur demande.
— Mention assez bien, me répond Lucas.
— Et toi, Paulo ?
— Rattrapage. Mais je n'ai pas dit mon dernier mot, dit-il, pas du tout abattu.
— Et on ne va pas te laisser tomber, déclare Valentine au nom du groupe.
On est vite rejoints par Manuel et Annabeth.
— Mention bien. Tous les deux, nous annonce-t-il.
Je donne une accolade à Manuel pour le féliciter. Je savais que ce type en était capable.
— Et toi ? me demande Annabeth.
— Je l'ai. C'est l'essentiel.
— On va fêter ça, nous interrompt Lucas.
Notre petit groupe s'éloigne en direction du parking. Je me retourne vers le lycée où l'on vient de passer trois années de nos vies. C'est encore une étape que l'on vient de franchir. Et un paquet d'autres nous attendent.
Ce lycée, c'est aussi le dernier établissement où nous nous sommes retrouvés tous ensemble. L'année prochaine, on sera séparés les uns des autres. Ce sera la première fois que je ne me retrouverai pas dans la même école que mon meilleur ami. Manuel va intégrer une prépa commerce et je me suis inscrit pour faire un BTS en carrosserie. Mais nous allons tous à Toulouse. Alors je n'ai aucun doute sur la suite de notre amitié.
Je me retourne pour suivre les autre, qui sont devant. Manuel ralentit pour être à la même hauteur que moi.

— Qui aurait cru qu'on en arriverait là quand on a commencé notre année en septembre ? dit-il. Regarde-nous. On vient d'obtenir notre baccalauréat. On est toujours amis. Et on a des petites amies idéales.

— On a réussi à avancer. Et à grandir.

— On peut être fiers de nous, Tristan.

— On peut, souris-je.

Après avoir mangé au McDo, je propose à Annabeth d'aller chez moi. Elle accepte et monte sans plus aucune appréhension sur ma moto. Elle a fini par s'y faire. Sur le chemin, j'ai le sentiment de savoir ce qui va se passer.

En passant la porte d'entrée, je la serre dans mes bras.

— Je n'ai même pas eu le temps de te féliciter.

— Félicitations à nous deux, rectifie-t-elle.

Je me penche vers sa joue pour y déposer mes lèvres.

— Je n'y serais jamais arrivé sans toi.

— Mais la volonté vient de toi, m'assure-t-elle. Et c'était le premier pas vers la réussite.

Elle m'embrasse. Et quand elle se recule je la soulève pour la porter sur mon épaule. Elle laisse échapper un cri de surprise.

— Qu'est-ce que tu fais, Tristan ?

Je monte l'escalier et marche jusqu'à ma chambre. Je prends bien soin de refermer la porte derrière moi avant de déposer Annabeth sur mon lit.

Je me penche au-dessus d'elle et m'approche de son cou. Je dépose une traînée de baisers le long de sa mâchoire, sur son menton. Je sens le bout des doigts d'Annabeth glisser sur ma joue. J'embrasse ses lèvres. Quand nos langues se mêlent l'une à l'autre, je sais parfaitement ce dont j'ai envie.

Ça fait près de six mois que l'on sort ensemble, avec Annabeth. Et on ne l'a encore pas fait parce qu'elle ne se sentait pas prête. Je ne l'ai jamais forcée ou brusquée.

Je fais descendre ma main le long de son corps pour la glisser sous son tee-shirt. Je la passe derrière son dos et la remonte lentement. Avant d'aller plus loin, je regarde Annabeth dans les yeux. Sans rien demander, sans rien dire, pour simple réponse, Annabeth glisse ses mains sous mon tee-shirt et m'aide à le retirer. Je l'embrasse comme si je cherchais à la fois à la remercier et à lui faire comprendre que tout va bien se passer. Je sais que c'est sa première fois et je veux qu'elle se sente bien pendant ce moment.

Elle s'appuie sur les coudes pour m'aider à retirer son tee-shirt. J'effleure sa peau sur son décolleté, sur son ventre. Je ne me rappelle pas avoir pris autant le temps de toucher la peau d'une fille avant de coucher avec elle.

Je décroche l'attache de son soutien-gorge en embrassant chaque parcelle de son ventre. Je fais tomber une bretelle puis l'autre et je l'envoie valser à l'autre bout de la pièce. Je remonte jusqu'à son cou et, quand j'aspire sa peau, je la sens tout entière se contracter de plaisir.

Timidement, elle essaye de détacher le bouton de mon jean. Mais ses mains se mettent à trembler et elle n'y arrive pas. Je prends ses mains pour les replacer sur mes reins et retire mon jean tout seul.

Je bascule sur le dos et elle s'assoit sur moi, toujours vêtue de son pantalon. Je vois bien dans son regard qu'elle ne sait pas très bien quoi faire, mais je la laisse prendre son temps. Rien que quand elle fait glisser ses mains sur mes abdos, je l'aime encore plus que la seconde d'avant. Elle a l'air si peu à l'aise et, pourtant, les baisers qu'elle me laisse sur le torse me font hérisser les poils.

Avant de repasser sur elle, je lui retire son pantalon. Quand nous nous retrouvons nus et que je récupère un préservatif dans le tiroir de ma table de chevet, je m'assure qu'Annabeth ne veut pas faire machine arrière.

Je ne cesse de l'embrasser pendant l'acte. Je veux qu'elle se rende compte que je suis tout à elle. Qu'on est deux et que, pendant cet instant où l'on ne fait qu'un, je la soutiens et je l'aime. À un moment, je lis sur les traits de son visage qu'elle souffre, alors j'essaye de bouger plus lentement. Et elle me sourit.

Quand on se retrouve sous la couverture, après avoir fait l'amour, je la serre dans mes bras comme un fou. Je la regarde dormir et je me dis qu'il m'a été donné de rencontrer une personne comme elle et que, après plusieurs mois de lutte avec elle et contre moi-même, je ne peux qu'admettre que je suis heureux…

PAPIER À BASE DE
FIBRES CERTIFIÉES

hachette s'engage pour l'environnement en réduisant l'empreinte carbone de ses livres. Celle de cet exemplaire est de :
350 g éq. CO_2
Rendez-vous sur www.hachette-durable.fr

Pour l'éditeur, le principe est d'utiliser des papiers composés de fibres naturelles, renouvelables, recyclables et fabriquées à partir de bois issus de forêts qui adoptent un système d'aménagement durable. En outre, l'éditeur attend de ses fournisseurs de papier qu'ils s'inscrivent dans une démarche de certification environnementale reconnue.

Composition et mise en pages : Nord Compo
Achevé d'imprimer en France par CPI Brodard & Taupin
Dépôt légal 1re publication août 2017
63.2941.0 – ISBN : 978-2-01-702833-8
Édition : 03 – Dépôt légal : janvier 2018
N° d'impression : 3027113

Loi n° 49-956 du 16 juillet 1949
sur les publications destinées à la jeunesse